A CIDADE DO VENTO

A cidade do vento

Grazia Deledda

Tradução, posfácio e notas de
William Soares dos Santos

© Editora Moinhos, 2019.

Edição: Camila Araujo & Nathan Matos

Assistente Editorial: Sérgio Ricardo

Revisão, Diagramação e Projeto Gráfico: LiteraturaBr Editorial

Capa: Editora Moinhos

Esta tradução teve como fonte a edição de 1931, da editora Fratelli Treves, Milano.

Dados Internacionais de Catalogação na Publicação (CIP) de acordo com ISBD

D346c
Deledda, Grazia
A cidade do vento / Grazia Deledda ; traduzido por William Soares dos Santos. - Belo Horizonte, MG : Moinhos, 2019.
162 p. ; 14cm x 21cm.
Tradução de: Il paese del vento
ISBN: X978-85-45557-97-5
1. Literatura italiana. 2. Romance. I. Santos, William Soares dos. II. Título.

2019-584
                              CDD 853
                              CDU 821.850-31

Elaborado por Odilio Hilario Moreira Junior – CRB-8/9949

Índice para catálogo sistemático:
1. Literatura italiana : Romance 853
2. Literatura italiana : Romance 821.850-31

Todos os direitos desta edição reservados à Editora Moinhos
editoramoinhos.com.br
contato@editoramoinhos.com.br

A Cidade do Vento

Não obstante todas as precauções e providências tomadas para a ocasião, a nossa viagem de núpcias foi desastrosa.

Nos casamos em maio e partimos logo após a cerimônia; um belo meio-dia ventilado, perfumado de flores. Rosas, rosas e rosas nos acompanhavam; as meninas as jogavam de suas janelas com punhados de grãos e olhares de inveja amorosa; a estação estava cheia de guirlandas e, da mesma forma, as cercas do vale. Rosas e grãos, amor e fortuna: tudo nos sorria.

A meta de nossa viagem era segura, adaptada à circunstância: uma pequena casa entre o campo e o mar onde meu esposo já havia, algumas vezes, veraneado; uma mulher de idade, muito discreta, muito boa para os afazeres domésticos, já conhecida dele, devia se encarregar de todas as nossas necessidades materiais, enquanto nós iríamos passear ao longe, à beira do mar, ou entre os prados estrelados de alfazemas, ou mais para lá, entre os meandros aveludados de musgo dos pinheiros. Propositalmente, eu trazia um chapéu de palha de Florença, flexível e alado como uma grande borboleta, com uma fita creme esvoaçante, parecido com aqueles que usavam as heroínas de Alexandre Dumas Filho.

E até a primeira parada de nosso trenzinho tranquilo, a viagem deu-se segundo as tradições: primeiro as pequenas lágrimas, pelas pessoas e as coisas deixadas, depois nossos sorrisos recíprocos, mãos entrelaçadas, olhos levando em seu interior o reflexo dos olhos amados ao infinito; corações cheios de certeza de que o mundo é todo um paraíso terrestre de nossa exclusiva propriedade. Pétalas de rosas e pequenos pedaços de grãos permaneciam ainda entre as dobras do meu vestido.

A realidade quebrou o sonho presunçoso na primeira parada do pequeno trem.

Não, o mundo não é todo nosso; tantas pessoas competem por ele! A pequena estação em meio aos prados é como que invadida por um rebanho e o pequeno trem é tomado de assalto, como aqueles que, no verão, saem da cidade em direção às estações balneares, mas tomados por uma multidão muito mais prepotente e arrogante.

São todos homens, todos jovens, quase rapazes; nativos, camponeses, tropeiros, vestidos de maneira grosseira, com sapatos de montanheses, embrulhos, bastões, cheiro de rebanho e de pessoas em contato com a terra.

Os primeiros pareciam imigrantes, mas eram muito jovens para se exilarem voluntariamente, todos muito alegres, embora a sua alegria fosse forçada e selvagem.

"São recrutas", explica o meu marido. "Não está vendo o sargento que os conduz?" E este, de fato, entra em nosso compartimento e, visto que os vagões de terceira classe não são suficientes para todos, é seguido por alguns de seus subalternos.

E adeus felicidade!

A nossa presença é rapidamente notada, a nossa situação julgada e condenada; se um casal de esposos, no seu primeiro dia de núpcias, é levado ao ridículo até pelas pessoas tranquilas, imagine-se, então, o que nos faria um bando como esse.

Nossas mãos se separaram e, assim, pareciam se separar também as nossas almas.

Meu marido era, e é, um homem muito cívico, o que significa que é sociável, de caráter franco e otimista, além disso, é muito confiante no próximo, a quem sempre tem por honesto, pois ele também é honesto. Os seus olhos são como janelas abertas de sua alma; todos podem olhar para dentro delas, já que lá dentro não existe nenhum canto escuro onde possa se esconder um mistério.

É um homem, entretanto, que exige o mesmo de seu semelhante; para isso, também quer que sejam respeitadas as maneiras no que diz respeito a si mesmo e às outras pessoas. Ele foi, então, o primeiro a intuir a nossa situação frente àquele rebanho de humanidade jovem, sensual e, naquela ocasião, um tanto brutal; se afastou então de mim, aparentemente se compreende, para nos salvar, ambos, daquela atmosfera perversa que havia, de repente, se formado ao nosso redor. Começou, primeiro, a falar com o sargento e depois até com os recrutas; ele também havia sido um militar e tinha atingido o posto de capitão da reserva, que ainda conservava. O contato com a nova companhia pareceu até alegrá-lo e excitá-lo: começou a contar minuciosamente toda a sua carreira militar, incluindo as aventuras amorosas e, para não ficar por baixo, o sargento narrou as suas.

Os jovens, então, escutavam e riam, sem mais prestar atenção em mim; terminaram por cantarem, todos juntos, o coro de uma canção de soldados; e foi ele, o meu companheiro, quem deu o tom.

Não parece nada de mais, no entanto, depois de tantos anos, não posso me lembrar daquela cena sem me sentir assustada.

Parecia-me estar sozinha no mundo e, pior que sozinha, escrava de um destino equivocado, arrastada, como uma autêntica escrava, por um bando de soldados, depois de uma invasão de guerra.

O temperamento eu já possuía; nascida em uma cidade onde a mulher era tratada ainda com critérios orientais, e trancada em casa com a única missão de trabalhar e procriar. Eu tinha todos os aspectos da raça: pequena, morena, desconfiada e sonhadora como uma beduína que do limite de sua tenda entrevê, nos confins do deserto, em miragens de ouro, um mundo fantástico, eu recolhia nos olhos o reflexo dessa vastidão ardente, desses horizontes que ao cair da tarde possuíam as cores líquidas de minha íris.

Tudo em minha mente ganhava a forma de uma fantasia: os menores acontecimentos se desenvolviam em temas grandiosos; os mínimos sinais da realidade ganhavam forma de símbolos, de profecias, de augúrios. E tudo me exaltava para depois me deprimir, assim que a fantasia se esvaía.

O meu instinto, também esse da raça, era aquele de me esconder até pelas coisas e desejos mais simples. Ninguém deveria ver a minha carne, os meus cabelos soltos; até as mãos eu escondia. Às vezes, como os frágeis animais selvagens, eu comia escondida, em um canto da casa. Por quê? Pelo primordial instinto de salvar o meu alimento da avidez dos outros, ou por que mesmo o ato de se alimentar me parecia uma coisa impura e vulgar?

O meu corpo, enfim, não deveria existir para os outros e, talvez, nem para mim mesma; mas os sentidos, precisamente devido a esta repressão voluntária, eram vivíssimos, todos, e as coisas externas, bonitas e feias, me prendiam com a violência do prazer e do desgosto.

Sobretudo eu escondia os olhos, sobre as largas pálpebras e os cílios longos, para trancar o intenso desejo de vida e o ardor de que compunham o fundo de meu ser e também, talvez, para fugir da luz violenta de meus próprios sonhos, como os olhos dos pássaros que, devido ao cansativo e longo voo, são agraciados com duplas pálpebras para não serem, no ímpeto de suas viagens, cegados pelo vento e pelo sol.

Mas o que eu queria esconder pertencia exclusivamente a mim, por isso, nos escrupulosos exames de consciência que fazia antes de ir me confessar, não me considerava hipócrita ou, menos ainda, ambiciosa; ao contrário, antes eu sabia que era um tesouro hereditário aquilo que eu guardava dentro de mim, isto é, a maravilhosa riqueza das estirpes virgens, o elevar-se do espírito entre os ardores da carne, como a luz da chama; e junto com o instinto da pureza e da conservação física, a busca de um ponto inalcançável, que é a própria busca de Deus.

Por isso eu havia escolhido o homem que, então, me acompanhava na minha primeira viagem sobre a terra, porque nos seus olhos que nada escondiam eu encontrava um princípio do mistério que procurava.

Mas a terrível viagem com os recrutas, que durou até a nossa estação de chegada, o contato com uma humanidade totalmente carnal, da qual ele também me parecia fazer parte, começavam a me mostrar o lado material da realidade.

Encolhida no canto do vagão, sem apreciar as paisagens da primavera que pareciam ser levadas pelo vento, eu fazia, com lúcida desolação, o meu plano de vida.

"Estou condenada a viver sozinha, agora eu entendo, mas não me assusto. Sempre vivi sozinha, mesmo estando junto de minha mãe e de meus irmãos. Acreditava ter encontrado em meu marido também um companheiro espiritual, me enganei. Esse é talvez o destino de todos: a solidão." No fundo eu sentia uma dor fria e dura, como se o meu marido, que ainda não era capaz de tal coisa, já me houvesse traído. E não me ocorria que, quem criava o meu drama, era a minha ignorância em relação à vida e a desconfiança atávica de tudo aquilo que é novo.

Descemos, então, do trem, entre gritos de "urra!", os assobios, as brincadeiras e os desejos de felicidade dados pelos companheiros de viagem. E mesmo a saudação deferente e cortês do sargento me parece irônica e, talvez, seja realmente, pela minha inconveniente aridez. Todos os recrutas penduraram as suas cabeças diabólicas, como cachos, nas pequenas janelas dos vagões, e já que não havia outro divertimento na pequena estação deserta, em torno da qual continua a estrondar um vento impetuoso, similar àquele provocado pela corrida do trem, todos os olhos se fixaram no jovem casal que desce as suas malas e, na falta de carregador, se dispõe a levá-las pessoalmente.

Meu marido saúda a todos, parece quase que está triste por deixar a alegre companhia para seguir a pequena esposa, verdadeiramente carrancuda. E o maldito trem finalmente se move, vai em direção ao horizonte de esmalte turquesa, mas como uma última zombaria os recrutas cantam uma espécie de hino nupcial, com as costumeiras alusões. Um coro benévolo, e até nostálgico – visto que tudo o que se deixa é bom, até para um homem que só concebe a poesia de modo animalesco –, mas que golpeia as minhas costas como um vento gelado.

Na verdade, esse vento sopra realmente, de noroeste, e como deixamos a estação e a proteção que ela nos oferecia, nos empurra com desagradável violência. Tenho ainda a impressão de que eram os espíritos hostis da solidão que, à nossa volta, nos acolhiam em nossa chegada, e que sem o contrapeso das malas, teriam nos jogado longe, como inimigos.

Mas onde estamos?

"Não deveria vir uma senhora para carregar estas malas?"

Meu marido se sacudiu ao chiado da voz irritada e, de repente, virou-se totalmente em minha direção.

"Vejamos, talvez a Marisa esteja atrasada." Mas nem ele acreditou nessa possibilidade. Preocupado, fez-me colocar as malas em um banquinho encostado em um quiosque fechado, no espaço em frente à estação, e olha para lá e para cá, em direção às distantes estradas que se perdem em triângulo através dos prados até o mar e nas quais não se vê ninguém.

"Deve ter acontecido algum imprevisto. Será que ela não recebeu o meu telegrama?"

Por uma coisa ou outra, o fato é que a mulher não apareceu. Dentro do quiosque um grupo de duendes assobia com ironia. À nossa volta vejo uma espécie de charneca, cheia de ervas altas e arbustos floridos de branco de forma que parecem com cabeças de velhas despenteadas pelo vento. No fundo, já escurece o vermelho vivo do entardecer, se delineia um pinheiro e o campanário da pequena cidade se levanta acima das copas dos pinheiros como um pastor sobre o rebanho.

Meu marido me encoraja:

"Não pense que teremos de andar até o fim do mundo, minha menina. Nossa casinha está a dois passos daqui. Vamos, levante." Ele coloca as malas sobre as costas com a suave agilidade de um carregador profissional, e me deixa apenas os embrulhos. Eu o sigo, mas é o coração que pesa, e nesse instante eu tenho a cansativa impressão de estar subindo uma montanha ao invés de ir em direção ao mar.

De repente, a primavera parecia ter se transformado em outono; e era outonal o verde frio das ervas e a cor amarelo avermelhado das flores das sebes, das folhas de algumas árvores e mesmo do céu. Talvez fosse o efeito do vento. Com certeza, entre os efeitos do vento, estavam aquela confusão e o murmurar hostil com o qual nos acolheram os salgueiros e os choupos em volta da pequena casa que se refugiava entre eles, cinza, fechada e que também me pareceu inóspita e quase severa.

Meu marido colocou as malas em frente à porta, foi pegar a chave e ver o que tinha acontecido com Marisa que, conforme ele continuava a afirmar, morava a poucos passos dali. Eu, no entanto, não via casa nenhuma e começava a acreditar que ela seria um personagem fantástico. E todo o resto também me parecia fantástico: a minha presença naquele lugar, eu estar sentada em cima das malas, como uma imigrante na primeira etapa de sua viagem em direção ao desconhecido, e mesmo os sentimentos de angústia e agitação que me sacudiam mais do que o vento e as árvores em volta. E essas árvores, de um verde insólito, pálido como aquele dos salgueiros, escuro como o dos choupos, que em misturar-se ganhavam tons de azul sobre o azul marinho do céu e davam um senso de irrealidade, como os reflexos da água ou dos vidros em uma janela.

Passam os minutos e o meu marido não volta; acho que ele não vai voltar nunca mais. Nesse instante tudo me parece possível nessa aventura extraordinária que foi o meu casamento, aventura que me erradicou de minha terra, de minha casa e me levou ao redor do mundo.

Entre outras coisas, eu sentia fome e, ainda que tivesse em minhas mãos um pequeno cesto de comida, parecia-me que eu nunca mais poderia me alimentar e, visto que uma dor infantil se misturava ao fundo de satisfação romântica que a minha situação provocava, enfim, comecei a chorar, como um leve chiado de um pássaro, que se perdia no grande lamento das coisas em volta.

Mas não, eu não estou mais sozinha e perdida no mundo. Um lamento muito mais intenso do que aquele das árvores e do próprio mar responde ao meu. Não é uma voz humana e, no entanto, fala pela vontade de um homem, e exprime a sua tristeza e desolação, que são iguais às minhas: é o pranto de uma alma que chegou em um lugar desconhecido e solitário, sem saber como a noite iminente destilará o seu destino e se a manhã fará florescer novamente para ele a flor da esperança, alma que não pede ajuda, mas se lamenta consigo mesma.

Era o som de um violino.

Quem tocava o instrumento fazia simples exercícios, como que procurando um motivo criador que desse forma aos seus sentimentos: e, realmente, estes transpareciam através da vibração das notas, como a água que jorra através das rachaduras das rochas, e se juntavam estranhamente àquelas que o meu pranto exprimia.

Não apenas isso, mas eu tinha a impressão de que aquele som fosse uma fantasia, ou brotasse de um canto escuro do meu ser, do subconsciente.

E então todo o resto, o meu noivado, o meu casamento, o encontrar-me naquele lugar e naquela situação, tudo se transformava realmente em um sonho entre o trágico e o ridículo. A realidade era outra, eu ainda estava na casa de meus pais, no limite entre o vale e a cidade, que mesmo sendo o centro administrativo da região, conservava todos os aspectos, as cores e o clima de um vilarejo de uma época muito antiga.

A minha casa estreita, quadrada e rude como uma torre, com um patamar e apenas uma sala em cada andar, era uma das mais altas. E desde menina eu tinha estabelecido a minha residência particular no último andar, em uma espécie de água-furtada observada apenas pelo teto sustentado por grossas traves e por uma espessa articulação de juncos.

Das traves pendiam cachos de uvas e frutas, cebolas e tomates, e também tranças de alho que pareciam um *ex voto* de cera, e ainda salames defumados. Com tudo isso, a sala não poderia ser exatamente uma água-furtada, porque era alta, com as paredes pintadas de cal, o pavimento de madeira e também havia duas belas janelas, ao lado de uma delas uma bela estante cheia de livros, e próximo à outra uma escrivaninha antiga que parecia um móvel sarraceno, toda feita de ébano autêntico, ornado de marfim.

Da janela próxima à estante se podia ver toda a cidade, um tabuleiro de telhados vermelhos e verdes, altos e baixos, dos quais emergiam três campanários, todos iguais, sutis e brancos, enquanto que no fundo, quase junto ao horizonte, as torres da catedral se levantavam escuras e maciças.

No inverno até a cor da cidade era escura e úmida, no verão era ardente e avermelhado, ao invés disso, na primavera e depois das primeiras chuvas de outono, os velhos telhados cobertos de musgo lembravam algo de pré-histórico, como um vilarejo construído de pedras, sobre as quais renascia o verde de uma vegetação tenaz e virgem dos cumes das montanhas.

Até mesmo a estrada estreita e pedregosa que eu via me debruçando sobre a janela, parecia um daqueles pequenos caminhos de montanha: e montanhas e montanhas apareciam no vão da outra janela, verdes, azuis, brancas, cinzas e violetas, segundo a distância de cada uma. Todo o horizonte servia de cerco a esta paisagem e, no entanto, permanecia amplo, aéreo como se as montanhas fossem nuvens. As mais próximas, surgidas de um vale que eu não via porque uma barragem de hortas e de jardins me separava delas, eram, em parte, verde-bosque com largas manchas prateadas de granito e zonas douradas de samambaias e asfódelos[1].

As rochas, junto às sombras dos cimos que, de tão altos, pareciam monólitos, cobertos de um musgo fofo como uma casca aveludada, na primavera se enchiam de pequenas flores púrpuras, depois, até o verão, uma festa de cores explodia sobre todo o monte. As quinas se embranqueciam de asfódelo florido, o verbasco[2] prateado riscava o verde vivo das samambaias e o bosque de carvalhos se transformava todo em ouro.

---

[1] Asfódelo: Planta lilácea de raiz tuberosa e de belas flores ornamentais. É interessante observar que, na mitologia grega, o Campo de Asfódelos é um local do mundo inferior no qual Hades, o deus dos mortos, faz vagar todas as almas que não sendo nem más, nem boas, são consideradas irrelevantes. Na *Odisseia*, de Homero, há três claras referências à planta e ao mito. A primeira referência está no livro XI, no qual Ulisses evoca os espíritos dos mortos; a segunda referência, ainda no livro XI, quando aparece o Órion; e a terceira referência pode ser encontrada no livro XXIV, quando há a descrição das almas dos mortos que chegam ao prados de asfódelos imortais. Referências contemporâneas à planta (e ao mito) podem ser encontradas, por exemplo, nos livros de Rick Riordan (na série Percy Jackson) e em *Harry Poter e a Pedra Filosofal* de J. K. Rowling.

[2] Verbasco: designação comum a diversas plantas da família das escrofulariáceas, todas da Europa. No Brasil se costuma designar por este nome ou ainda por "herbasco" (em Minas Gerais), uma planta da família das logoniáceas (Buddleia Brasiliensis).

O outono estragava a festa, as cores se empalideciam, se decompunham, se obscureciam até que, no inverno, tudo se tornava escuro, nuvens e rochas se misturavam em uma contínua desordem quase sinistra, e o arfar, cada dia mais forte, da torrente contava uma história de dor que ia se perder no vale.

Na verdade, eu não via o vale, mas o *sentia*, em todas as estações, com aquela trágica canção que ecoava da torrente, com os rumores do vento que em algumas noites de inverno saíam, como do fundo de um vulcão, e que me davam um prazer quase físico, porque me pareciam com o grito da terra atormentada pelos elementais[3], um eco da minha própria adolescência agitada de sonhos e desejos insatisfeitos; sonhos e desejos que depois, na primavera, se repetiam com o canto do cuco, sempre mais claro à medida que se apagava a canção da torrente, e que descia sobre o vale o hálito ardente e perfumado do verão.

A minha família possuía um pequeno sítio que ficava no vale, cultivado e vigiado por um velho camponês que vivia ali como um eremita, e tinha o aspecto autêntico de um eremita, só de vez em quando ele subia, vinha à nossa casa com um cesto de palha recoberto misteriosamente de folhas de acanto, as quais, levantadas, faziam surgir os primeiros frutos da primavera com suas cores de pedras preciosas; no inverno as azeitonas, e, quando não tinha outra coisa,

---

[3] "Elemental" é um termo que se refere a seres mitológicos, relacionados com as forças da natureza em tradições religiosas animistas. Segundo a crença mais corrente, os elementais seriam seres que habitariam manifestações da natureza. Os mais comuns elementais seriam aqueles relacionados ao fogo, ao ar, à água e à terra.

trazia os bagos escuros e reluzentes do mirto e de outras frutas silvestres. O velho, então, representava o papel de um daqueles seres ligados à natureza, o mito da terra que oferece a todos as suas dádivas, até as mais selvagens, ao homem que sabe apreciá-las.

E eu as apreciava muito mais do que pelo seu sabor, por aquilo que representavam, pelos dias e pelas noites, o clima, os perigos, toda a poesia que as havia maturado. A figura linear, granítica do velho ainda permanece no fundo de minha memória igual a uma daquelas pedras monumentais com vagas formas humanas que os povos pré-históricos erguiam em suas solidões rochosas como ídolos significativos.

Mas eu não era gulosa, nem ao menos me aproveitava das frutas que ficavam presas nas traves da sala alta e que eram tão fáceis de derrubar. Eu não era gulosa e, além da consciência que me impedia de cometer ações ilícitas, eu tinha ainda a mania das privações.

Então eu me abandonava ao que minha mãe considerava o maior de todos os pecados, a contínua e ávida leitura de livros não adequados à minha idade e, sobretudo, à minha educação. Naturalmente eu lia escondida, dia e noite. Naquele quarto onde os camundongos roíam os papéis, e as andorinhas faziam os seus primeiros exercícios de voo, e onde também a minha alma se abria lentamente, sozinha, a cada hora, a cada folha de livro, como a rosa de cem pétalas que parece estar totalmente aberta enquanto conserva, até o último instante, no seu centro, algumas pétalas ainda fechadas.

É necessário dizer que a suntuosa escrivaninha e a antiga estante de nogueira pertenciam à minha família por herança de um parente, um velho bispo, homem culto e estudioso que morreu com ares de santidade.

E a sua lembrança espalhava verdadeiramente, no quarto onde eu me refugiava, um cheiro de perfume. Era, certamente, o cheiro das frutas penduradas nas traves, e também o que vinha de fora, das hortas cheias de violetas, de manjerona e de sálvia, mas dentro de mim, menina, aquele cheiro tinha, de qualquer maneira, um encanto especial.

Os livros, não obstante ao que minha mãe pensasse deles, eram ótimos: todos os grandes clássicos, nossos ou traduzidos em língua italiana, muitos volumes em língua latina e livros religiosos, vidas de santos, bíblias e monografias religiosas, estas, no entanto, não me chamavam atenção. Sentia, sim, *o cheiro* de santidade do velho bispo da família, mas misturado sempre com os perfumes da terra e da realidade circunstante.

No santo bispo, que diziam ter morrido virgem, depois de uma vida de abstinência, de estudo e meditação, eu via apenas a figura de um homem extraordinário que tem a coragem e a força de elevar-se acima dos outros, e os atrai para si, como Cristo na cruz, com a força da renúncia e da dor; no entanto, mais do que amá-lo, eu o admirava, e se vinha em minha mente a ideia de também ser santa, eu logo me apercebia da impossibilidade.

Santos já nascem santos, não se transformam completamente se o Senhor não os marcou no seio materno com o crisma de sua graça. Mas já é um sinal de bondade divina dentro de nós se conseguirmos entender o mistério daquela graça.

Sermos pelo menos bons! Ou ao menos tentarmos ser. Quem não pode compreender esta dádiva não saberá nunca o porquê de sua existência. E nas noites lunares de inverno, quando eu escutava a voz da água que nascia dos montes e caminhava como um ser vivente descendo os declives e todo o vale, até encontrar a sua meta, parecia-me que um som de órgão a acompanhava, similar àquele que acompanha, na igreja, o rito da Elevação[4], então eu intuía o poder superior que move com sua sabedoria cada ser do mundo, e lhe faz percorrer o seu destino, então eu dizia a mim mesma:

"O teu destino seria maravilhoso se assemelhasse àquele de teu parente santo, mas, por outro lado, é Deus quem comanda o teu destino, tu deverás descer deste quarto e atravessar o mundo para retornar a Ele. Viverás com os homens, com eles, não sobre eles, e todos os seus erros, os seus pecados, as suas labutas, serão tuas; mas não te esqueças que sobre ti está a força de Deus que te conduz."
É necessário confessar que esses ensinamentos me eram sugeridos também pelo ambiente familiar.

Minha mãe era uma mulher religiosa e austera, nunca falava, não dava confiança aos filhos, trabalhava sempre e só saía de casa para ir à igreja. Meu pai era bom, generoso, de caráter alegre e firme ao mesmo tempo, seu único pensamento: a família.

Era administrador de estradas provinciais, e ganhava muito.

Indo bem nos negócios, pensou, entre outras coisas, em restaurar a nossa casinha. E, para o meu total desconten-

---

[4] A autora se refere ao rito da elevação eucarística, um dos momentos mais importantes da missa da Igreja Católica Apostólica Romana, no qual o sacerdote eleva a hóstia, indicando a transubstanciação do pão no corpo de Cristo.

tamento, fez o mesmo com o quarto de cima, que foi destinado aos hóspedes, com um belo teto e uma cama com cabeceira que, para não ser inferior aos outro móveis, era toda ornamentada de madrepérola legítima.

Quando foi todo limpo e colocado em ordem, eu retomei a minha possessão, mas me sentia desconfortável, como se eu fosse a hóspede. Ficava sempre de ouvido atento à chegada de algum cavalo.

Muitos eram os amigos de meu pai, que, em suas necessárias peregrinações pelas cidades e lugares da província, o haviam hospedado cordialmente, tanto em casas de pessoas importantes como nas dos camponeses. A qualquer momento alguém poderia chegar, forçando o meu pai a me desalojar.

Até os camundongos, que antes se enfileiravam sobre a porta, longos e brilhantes como as lagartixas negras que atravessavam o assoalho empoeirado, sumiram; até as pequenas andorinhas que entravam por uma janela e saíam por outra, com um voo ondulante e rasante de asas de onde parecia escapar os seus silvos infantis, até elas tinham desaparecido, recusando o quarto de hóspedes.

Então eu pensava: "Se vive mal quando se é rico. Se vive mais para os outros do que para si mesmo, para os outros que nos estimam somente na medida do quanto podemos dar a eles".

O primeiro a utilizar o quarto foi um tabelião que havia sido companheiro de estudos de meu pai. Ele vinha para autenticar alguns documentos e ficava conosco por dois dias. Escoltado por um servo, vinha de uma cidade montanhosa, mas pareciam, ele e o seu companheiro, terem vindo da Mesopotâmia. Pareciam que tinham sido pintados de carvão, todos pretos, com olhos amendoados, os bigodes pendurados, todos os dois cobertos de característicos mantos de lã, uma espécie de xale longo, muito bom para cobrir a cabeça, os ombros, o peito e as pernas de quem costuma viajar a cavalo.

Sob a manta o servo usava uma roupa sobre a qual a obscuridade fazia ressaltar alguns tons de vermelho e verde, enquanto que o tabelião se vestia propriamente como um burguês, impecavelmente de negro, no pescoço uma echarpe, como os usados no tempo do Diretório[5]. Era alto e pesado, todo quadrado, não sorria nunca, e foi o homem que mais me inspirou sujeição em toda a minha vida.

À mesa não falava de outra coisa que não fosse o seu filho, estudante de medicina, exaltando sem paralelos a sua beleza, a vivacidade, a sua paixão pelo estudo e, sobretudo, o seu engenho.

Se se falava de outra coisa, ele encontrava um meio de voltar ao seu Gabriel.

"Gabriel corre a cavalo como o diabo. Quando tinha treze anos quis a todo custo participar de uma corrida de selvagens, e ganhou o primeiro prêmio." E se falassem sobre o mar?

"Gabriel vai todo ano ao mar, e é campeão de natação." E se falassem de moda?

"Gabriel também gosta de andar na moda, quanto a isso é um pouco extravagante e gosta de criar ele mesmo a sua própria moda. Pelo menos na cidade, quando vem para passar

---

[5] "Diretório" é um termo que define o órgão que constituiu o governo francês durante o período da Revolução Francesa, de 26 de outubro de 1795 até o golpe de estado de 10 de novembro de 1799 (no calendário revolucionário, o período vai do 5º brumário do ano IV ao 18º brumário do ano VIII).

férias", terminou levantando o canto de seu lábio superior. E foi a única vez que sorriu, entre complacente e zombeteiro, talvez se dando conta de que os meus irmãos continham, entre os dentes apertados, uma risada de deboche.

O seu Gabriel, enfim, sabia fazer de tudo, desde experiências químicas sob sua própria iniciativa a composições musicais para piano e violino. Tocava, cantava, dançava, escrevia poesias, fazia coleção de moedas antigas, havia inventado até um aeroplano. Praticava esgrima e jamais errava um golpe em seu adversário.

Também era muito generoso, capaz de desnudar-se para vestir um pobre.

Depois de se formar iria para a Alemanha se aperfeiçoar nos seus estudos de medicina e se especializar na cura da tuberculose.

Meu pai olhava para os meus irmãos, que se tocavam com as pernas sob a mesa e fingiam rir por alguma coisa especial que só a eles dizia respeito, enquanto escutava o amigo com seriedade, visto que com os hóspedes é preciso ter toda a cortesia mesmo se este exagera ao enfado e ao ridículo as qualidades de sua prole, mas todos ficaram realmente atentos quando se começou a falar de carnaval e de máscaras, e então o tabelião disse:

"Oh, o nosso carnaval é, nos últimos dias, muito movimentado e barulhento. As pessoas que por meses e meses ficam fechadas em casa e quase sepultadas pela neve têm necessidade de esticar as pernas e de se esquentarem. Se dança em todas as casas. Na quinta-feira gorda[6], os jovens

---

[6] A "quinta-feira gorda" é a última quinta-feira antes da quaresma. Em grande parte das culturas italianas, esse é um dos dias dedicados não

mais valentes se vestem com uma pele, colocam chifres e sinos de bois, e essas masqueradas infernais se chamam *bovi*. Montados em cavalos percorrem gritando pelas estradas e batendo nas portas das casas pedindo salsicha. Dá medo. Gabriel combate essas formas de carnaval selvagem, se bem que ele também goste de se fantasiar. E nisso é insuperável, não precisa sequer usar uma máscara para ficar irreconhecível, e imita com perfeição cada personagem." E o tabelião meditativo continuou:

"Vestido de padre, foi uma vez visitar uma família e foi confundido de verdade com o novo pároco. No carnaval passado, quando veio para as férias aprontou uma extraordinária. No domingo a única pessoa que desceu da diligência foi uma jovem estrangeira, uma daquelas que chegam à nossa cidade de vez em quando para visitar a antiga basílica. Esta senhorita, no entanto, não usava óculos e nem roupas desajeitadas, era bonita, elegante, maquiada, usava uma pele em volta do pescoço e um véu. Colocou a mala na hospedaria e foi direto visitar a basílica, depois perguntou onde poderia ir dançar na cidade. A levaram em uma casa onde se dançavam danças antigas e modernas, e foi súbita a confusão, não somente pela sua chegada, mas também pela sua maneira de se comportar. Ela começou a olhar para os jovens burgueses da cidade de modo que esses abandonaram as suas damas para darem atenção a ela, que dançou e até recebeu diversas declarações de amor. Até que, advertido por um amigo, um jovem sobrinho meu que, tendo

---

apenas aos festejos de Carnaval, mas, também, a banquetes que no passado marcavam as últimas oportunidades de as pessoas se alimentarem bem antes do longo período da quaresma e, também, do inverno.

observado bem a estrangeira, gritou: 'Mas vocês não estão vendo, seus tolos, que é o meu primo Gabriel?'".

Nem enquanto contava esta proeza de seu Gabriel o tabelião sorria, e nem entre a hilaridade dos outros, incluindo as servas que paravam nas portas com os pratos na mão com os olhos cintilantes de admiração. Eu também não sorria, seja por sujeição do grande homem negro, seja porque a figura do jovem estudante me parecia, através das histórias do pai, contadas com aquela voz dura e quase tétrica, tudo menos alegre, eu pensava:

"Deve ser meio maluco esse tal de Gabriel." E me parecia vê-lo, em meio à dança selvagemente sã de seus concidadãos, vestido de mulher, pintado e trágico, dançando uma dança macabra, ou tocando violão e cantando uma estrofe de dor. E eu não conseguia fazer outra coisa que não fosse imaginá-lo fantasiado de uma maneira ou de outra, com um rosto que era por si mesmo só uma máscara. E ele também não sorria nunca, e a sua mania de experimentar todas as artes e ciências, o tingia, aos meus olhos, com as cores da loucura.

Então comecei a tê-lo como um personagem extraordinário, absolutamente diferente daqueles que eu conhecia, destinado de qualquer maneira a um grande futuro. E as conversas das servas, às quais o servo do tabelião tinha falado sobre os projetos do patrão, isto é, de arranjar um casamento entre mim e o filho, me provocaram um mal-estar ao mesmo tempo perturbador e luminoso, alguma coisa como a confusão de nuvens sobre o monte no entardecer de março, onde se misturavam o vermelho do ocidente de muitos ventos ao negro do inverno que estava indo embora.

Ser amada por um jovem como Gabriel devia ser uma coisa fantástica, um verdadeiro encanto, viver com ele, no entanto, na realidade do dia a dia era, certamente, desagradável e penoso.

Então comecei a esperar esse Gabriel, e, já que agora tínhamos disponível um quarto para hóspedes, ele também deveria aparecer um dia ou outro para desfrutá-lo.

Muitos eram os hóspedes que iam e vinham, e ele não chegava nunca. O seu pai ainda voltou com o seu servo fiel, e já foi alguma coisa. Dessa vez o tabelião também falou de seu filho, mas com alguma preocupação.

Gabriel não queria mais esperar se formar para ir para o exterior e se aperfeiçoar em seus estudos, queria partir logo e inscrever-se na universidade de Mônaco ou Berlim, precisava-se de muito dinheiro para contentá-lo, e o tabelião, conforme dizia o próprio servo, era muito avaro.

"Para o bem dos filhos é preciso, também, fazer sacrifícios", disse o meu pai. "E, depois, o Gabriel é diferente dos outros, destinado certamente a um futuro esplêndido. Afrouxa, afrouxa os cordões, caro Alfonso Maria."

Pareceu-me ouvir um leve eco de sarcasmo nestas palavras, um eco que talvez ressoasse dentro de mim, todavia achei justo que o tabelião abaixasse o rosto no prato e depois de ter devorado, como costumava fazer sempre, uma colher de sopa fervente, o levantasse bastante vermelho e perturbado, aceitando a profecia e os conselhos do anfitrião.

"Esperemos que sim", disse convencido e me olhou rapidamente, depois olhou para os outros comensais, desde os grandes aos pequenos, como para se assegurar de que todos compartilhavam de sua doce certeza. E para devolver o cordial gracejo das últimas palavras de meu pai, ou talvez como uma resposta carregada de intenções, disse:

"E quando a minha bolsa estiver vazia, recorrerei à sua, caro Gian Francesco." Depois ficou alguns meses sem aparecer. Hóspedes vinham, hóspedes iam, minha mãe estava sempre ocupada em assar carneiros, em preparar recheios, em cozinhar macarrão. Mandava a serva ao sítio do vale, para trazer ervas e frutas. Algumas vezes eu também a acompanhava, e eram os meus dias mais felizes. Lá embaixo estava o nosso bom eremita em sua cabana de pedras e galhos, em meio às suas couves e outras plantações primitivas, alimentadas por um fio de água, última veia da torrente do inverno, que ele desviava daqui, desviava dali, conduzindo-o doce como um pequeno servo. E lhe falava verdadeiramente como a um ser vivo, bendizendo-o, aconselhando-se com ele, ameaçando-o e também tentando puni-lo se ele lhe fugia do caminho traçado e pretendia andar segundo a sua vontade.

Quando chegávamos ele se levantava sobre a enxada e dizia: "Hóspedes? E a senhorita, quando se casa?"

Eu ficava vermelha, parecia que ele adivinhasse o meu pensamento secreto e, com a sua clarividência de solitário, associasse a palavra hóspede com a sua pergunta inocente.

Um dia aconteceu um fato estranho. Um balão voando, feito de papel vermelho, que o sol fazia parecer de fogo, se levantou sobre os montes do horizonte, vagou lá e cá até a noite, caiu incendiando-se no fundo do sítio. O velho nunca havia visto uma coisa parecida, e acreditou se tratar de um astro misterioso e, quando o viu cair, se ajoelhou com terror e adoração.

"É o Senhor, é o Senhor", gritava.

Nós víamos os avanços do balão, fragmentos de papel queimado, que voava entre os arbustos como pássaros negros e com os ossos de gravetos, também esses queimados em parte.

O balão teria sido inventado por Gabriel?

Nunca soube, mas sentia alguma coisa de significativo, de irônico e cruel na queda do invólucro de papel que o velho teria adorado como um astro, sinal de Deus.

Outro dia, em outubro, durante uma das costumeiras ausências de meu pai eu estava lendo no quarto de hóspedes, junto à escrivaninha antiga.

Eu lia, ou melhor, relia um de meus livros favoritos daquele tempo: Os martírios, de Chateubriand. Era uma edição raríssima, encapada em pele branca com ornamentos em ouro, uma coisa realmente bonita, como tudo estava bonito naquele dia, o que dava uma sensação de quase irrealidade. Tudo azul, até o granito do monte, e até as sombras das árvores, um azul que se refletia sobre as paredes do quarto e sobre a escrivaninha que luzia como se fosse de cristal.

Tanta beleza, e o próprio encanto da leitura me despertavam uma sensação de sonho. Eu tinha quase medo de virar a página como se eu tivesse que abrir uma porta pela qual pudesse penetrar uma atmosfera diferente, e quando, de fato, a porta foi aberta por alguém de fora, o mundo mudou de aspecto para mim. Um homem do qual eu não tinha ouvido a sua chegada, apareceu na entrada, os seus olhos negros me fixaram curiosos e surpresos, e parecia que a minha presença lhe impedisse de mover os pés.

Atrás dele estava a pequena serva, com uma mala sobre a cabeça, e me olhava colocando o seu rosto brincalhão e malicioso atrás do braço do jovem. E disse:
"Ah, senhorita! Eu não sabia que estava aqui."
Depois convidou o hóspede para entrar e quase o empurrou para dentro, mas ele não andava.

Também eu, que levantei rapidamente, não ousava falar nem me mover, os meus olhos, no entanto, iam ao encontro dos seus, e sentia que nós já nos havíamos *reconhecido* e que aquele instante devia marcar um ponto talvez decisivo no nosso destino.

Ele foi o primeiro a voltar a si, sorriu, um sorriso irônico e triste que deixou transparecer os seus dentes belíssimos, mas espectrais, e com uma voz dura que eu já conhecia disse:
"Peço-lhe que me desculpe se, involuntariamente, a incomodei."

Sim, era a voz do tabelião, com uma vibração mais viva, mais igualmente sarcástica.

Sim, este era então Gabriel, alto e belo, vestido com uma elegância corretíssima, sério e zombeteiro.

Eu murmurei alguma coisa, espantada com aquela voz, com aqueles dentes luminosos, que resplandeciam em seu rosto escuro e liso, mas, sobretudo, com o seu sorriso. E o pensamento de que ele sabia sorrir me parecia quase uma revelação de um mistério.

Escorreguei para fora do quarto, de cabeça baixa, como se eu tivesse sido surpreendida em um ato proibido, e fui me esconder em meu quarto.

Esse quarto dava para o quintal, mas era mais escuro e menos preferido por mim. Passado o primeiro aturdimento, chego até a janela e vejo se no quintal estão os cavalos dos hóspedes, imaginando que o filho do tabelião tenha chegado com o seu pai, escoltado pelo servo.

O quintal está deserto, triangular e um pouco úmido sobre o alto dos muros revestidos de musgo e cheios de ervas, parecia com o parapeito de um castelo, com o grande céu no alto laqueado, turquesa, cor do mar. Passam gritando, em sua altura solitária, as gralhas que têm seus ninhos nos campanários, e aquele trilado me comunica uma estranha sensação de voar, um voo perigoso como nos sonhos.

Na verdade, a minha vida, naquele tempo, era tão só e imóvel que qualquer pequeno acontecimento me parecia um fato extraordinário.

A chegada daquele hóspede esperado, no fundo já amado, o encontro acontecido daquela maneira, tudo isso, enfim, não poderia deixar de me perturbar até as mais profundas raízes da minha alma. Todavia o meu caráter já formado e a consciência também bastante desenvolvida me faziam olhar quase duramente para dentro de mim mesma e para as coisas que estavam à minha volta.

Então me sacudi, com confiança, e procurei me agarrar novamente, também fisicamente, à realidade.

Olho-me no espelho, e mais uma vez vejo que não sou bonita, somente os olhos revelam a alma feita de sol, Gabriel colheu com seu primeiro olhar este segredo e com ele ficou surpreso e encantado.

Mas depois ele sorriu, e aquele sorriso tingido de ironia, talvez pelo meu embaraço, talvez pela minha figura ao mesmo tempo insólita e carregada de uma beleza grotesca ou provincial. Ele talvez saiba dos projetos de nossas famílias, sabe que eu sonho com ele, que o espero. E a minha alma lhe agrada, através dos meus olhos. Mas bem diferentes são as mulheres de carne e sangue, que ele, por sua vez, deseja. Ele quer ir para as grandes cidades, na verdade, ele já está em viagem em direção a estas cidades, onde a vida é tumulto, luta, prazer; onde o ouro e as paixões humanas passeiam juntos, e o homem não tem tempo para Deus.

Lá é o lugar de Gabriel, lá o destino o convida e o quer. Se ele agora digna-se de me olhar é por curiosidade, talvez, também, por malícia.

"Mas tu não rirás mais de mim, tu não verás mais os meus olhos constrangidos. E depois irás embora, também, e talvez não nos veremos nunca mais", digo-lhe ainda diante do espelho, falando-lhe como se ele tivesse ficado em minha pupila. Ele, no entanto, estava lá e muito mais profundamente, no fundo de minha alma, e me parece ouvi-lo rir e aparecer subitamente do escuro e me responder:

"Sabe de uma coisa? Não quero mais ir embora daqui."

Quando fui para a sala abaixo, onde se almoçava e trabalhava, minha mãe e as servas estavam falando sobre ele. Ou melhor, eram as servas que falavam sobre ele, com aquele modo, próprio delas, de zombar à toa, visto que minha mãe raramente tomava parte em suas conversas, permanecendo, como de costume, taciturna e pensativa, debruçada em seu trabalho, com o rosto branquíssimo sobre o qual os olhos celestes expandiam uma luz azul. Eram sempre as roupas dos meus irmãos que ela costurava ou ajustava, e também, naquele instante, ela tinha uma entre suas mãos delicadas onde somente o anel matrimonial brilhava modestamente.

A serva que tinha levado a mala e uma longa e misteriosa caixa de Gabriel para cima, quando me viu começou a piscar, depois riu e disse:

"O senhorzinho já saiu, sabe. Mas que surpresa nós lhe fizemos não é patroazinha?"

"Você fez de propósito, boba", disse a outra serva que também me olhava e sorria.

E eu as coloquei logo em seu devido lugar:

"Por que estão rindo? Por acaso eu estava na casa dele, ou na de vocês?"

"Seria melhor se você estivesse aqui." Era a minha mãe quem falava, sem deixar de trabalhar. Não, minha mãe não estava contente com o fato de eu ficar escondida aqui e ali lendo, fantasiando, fazendo nada, e seria melhor, segundo ela, que o Gabriel tivesse me encontrado trabalhando, supervisionando as servas.

Provavelmente ele teve uma péssima impressão, já que, quando saiu, deixou a notícia de que não viria almoçar, notícia esta que entristeceu e desiludiu a minha mãe. A mim, no entanto, a notícia me deu uma sensação de alívio, teria suportado tudo em minha vida exceto almoçar junto a Gabriel.

Mas o seu comportamento me convencia de sua indiferença por mim, o que me humilhava profundamente, e mais quando me apercebia da tristeza de minha mãe. A sua alegria, quando chegavam os hóspedes, consistia em preparar para eles verdadeiros banquetes e, além disso, tinha medo das repreensões de meu pai, ao seu retorno, por ela não ter tratado os hóspedes da melhor maneira possível.

No entanto, ele precisaria desculpá-la visto que Gabriel era um hóspede diferente dos outros, nem os meus irmãos, travessos que eram, e que viviam correndo por todos os cantos da cidade, e ainda em outros lugares, conseguiram saber onde ele tinha ido, e só bem tarde um de seus amigos disse tê-lo visto, lá embaixo, na estrada do vale, quase perto de nosso sítio, sentado no meio-fio, fazendo anotações.

"Está mesmo doente da cabeça", disse minha mãe, e suspirou talvez aliviada com a ideia de que Gabriel não era um bom partido para mim.

Contudo preparou um jantar maravilhoso e aparelhou a mesa com o serviço de Flandres, aquele que parecia de cetim branco enfeitado com cravos lindos e com a borda toda ornamentada. Serviço que se usava apenas nas grandes ocasiões, e que, especialmente à noite, sob a claridade rosada do lampadário de cristal que, como uma estalactite em uma gruta marinha, pendia do forro cinza da grande sala um pouco escura, dava à minha reclusa sensibilidade um prazer quase carnal. Eu tocava as bordas da toalha e passava os dedos sobre os guardanapos com a impressão de que o tecido fosse quase uma pele, fresca e viva, e me parecia que os cravos brancos da trama, entrelaçados em uma dança geométrica que ao olhá-la me dava uma sensação de vertigem, mandassem um misterioso cheiro de festa nupcial.

A ideia de que o serviço fosse manchado, que meus irmãos o profanassem com seus focinhos imundos, me fazia mal. Mas naquela noite tudo seria permitido, conquanto que o hóspede retornasse.

Ele, finalmente, retorna. Eu termino de arrumar a mesa e não o olho, mas o sinto e o vejo, em toda a sua linha, como se o conhecesse há anos e tivesse grande intimidade com ele. Não está mais vestido com uma cor neutra, como em sua chegada. Ele se trocou antes de sair, veste uma camisa azul escura, com a gravata da mesma cor, tem um chapéu de feltro preto. Alguma coisa do pai está nele agora, alguma coisa de grave, de irredutível e a sua presença espalha um quase sentimento de ameaça e de perigo. E, no entanto, no fundo, uma alegria jamais experimentada ilumina todo o meu ser, e quando consigo levantar os meus olhos e encontro uma segunda vez os seus, lembro-me do surgir do sol acima dos montes.

Este é o verdadeiro Gabriel, não aquele que a minha fantasia criava. Nele tudo é beleza, as mãos longas, os dedos afilados como os de um artista, os cabelos macios e quase irisados, como as plumas dos corvos jovens, as sobrancelhas aladas, sobre o espaço da fronte quadrada, a boca sensual e triste, o seu modo de mover-se, de sentar-se, de olhar as coisas, composto, lento e quase rígido, mas não indiferente, tudo me dava prazer, e me inspirava orgulho, como se ele já me pertencesse.

Ele também pareceu feliz pelo acolhimento com o qual foi recebido por mim e pela minha família, especialmente pelos meus irmãos, que pareciam três pequenos leopardos, e tinham se sentado à sua volta, e o observavam, o mediam, o olhavam da cabeça aos pés como a uma vítima que se quer assaltar.

Ele não liga, permanece com um ar sério mas não severo, sem dar confiança a eles, até que o menor e mais audaz perguntou com voz alta:

"É verdade que você sabe engolir facas?"

Os outros começaram a beliscar o imprudente. Gabriel, no entanto, riu instintivamente, depois voltou a me olhar e ficou sério.

Tive a impressão de que ele adivinhasse como eu o tinha imaginado antes de conhecê-lo e quisesse apagar aquele fantasma da minha mente, e me pareceu que ele também fosse punir o meu irmãozinho pela sua insolente pergunta, já que o pegou fortemente pelos ombros e lhe disse com uma vez verdadeiramente ameaçadora:

"Se eu quiser posso engolir até mesmo você." Escancarou a boca, colocando-a sobre a cabeça do menino enquanto rodava os olhos diabólicos, então eu tive a impressão de que os seus dentes estavam mastigando os cabelos do culpado.

Agora ele caía no trágico, a sua figura se decompunha novamente, novamente me provocava angústia.

Todos os outros, ao contrário, riam. E, ao convite mudo que lhe faziam, ou talvez para me fazer sofrer, ele começou a fazer truques. Engoliu as facas, fez andar, depois de reduzido a um funil, um dos preciosos guardanapos e fez crescer, no vaso colocado diante da janela, um pezinho de gerânio que florescia alegre no fundo melancólico do quintal.

Na verdade, eu não vi a plantinha crescer como afirmavam os meus sugestionados irmãos e as servas que correram a assistir aos milagres que o hóspede fazia, mas ele não fazia nada para mim que não tivesse um senso de crueldade, para mim não havia mais do que um olhar fugaz e que também me parecia estranho como se a minha presença obscurecesse a sua cena íntima e alegre.

Também, durante a ceia (em minha cidade se chamava refeição o alimento do meio-dia e ceia aquele da noite), ele não fez outra coisa que não fosse brincar com meus irmãos e conversar com minha mãe, lamentando-se, sempre em tom de brincadeira, da avareza do pai. Dizia:

"É uma doença que é transmitida hereditariamente há séculos na minha família. O meu avô jejuava durante seis dias toda a semana, com a desculpa de ter feito uma promessa durante uma doença, era seco e magro feito um bastão e à noite não dormia com medo que lhe roubassem as economias. E meu pai, por sua vez, está sempre obcecado com a ideia de que o Senhor concede ao homem o dinheiro não para gastar, mas sim para conservá-lo. A doença, no entanto, terminará nele, eu lhes asseguro. Gabriel, se tem alguma doença, é aquela de ter nascido com as mãos furadas." Olhou para suas próprias mãos através da luz, e as meninas juravam que tinham visto os buracos de verdade.

Eu sentia um mal-estar quase físico, um sentimento de sufocamento, e gostaria de sair, e passear lá fora, na noite escura e plena de estrelas, ou ir para o teto da casa, visto que aquele que estava diante de mim, que comia, e comia bem, e bebia, ria, e zombava de seus próprios parentes era o próprio Gabriel que eu tinha imaginado de acordo com as histórias, ainda que benévolas, muito carregadas com o orgulho do pai. Um jovem, enfim, extravagante e engraçado que fazia as pessoas rirem, mas para se divertir com a ingenuidade alheia.

É necessário dizer que, além de tudo, eu sentia uma perversa preocupação com o guardanapo que ele, em um de seus truques, tinha feito desaparecer. Deixei cair o meu para de baixo da mesa, mas não vi mais do que os guardanapos em cima dos joelhos dos comensais, e no levantar-me, dei-me conta de que o rosto de Gabriel tinha novamente se obscurecido, quase tragicamente, e que os seus olhos agora me fixavam hostis.

Sinto ainda o meu coração confuso, na dúvida que ele tivesse adivinhado a minha suposição maligna. E quando percebi que, finalmente, ele ia me dirigir a palavra, pareceu-me que quisesse me dizer:

"Mas,' senhorita, acredita mesmo que eu seja um ladrão de guardanapos?"

Ao invés disso, e talvez para se vingar, perguntou:

"Você estuda?" Aquele "*você*" paterno e protetor terminou por me exasperar[7], vi os olhos dos meus irmãos cintilarem zombadores, enquanto que o rosto de minha mãe se fazia triste e humilhado, e, para melhor me defender do ataque, também me armei com uma couraça refulgente de riso.

"Por que está rindo?", ele insistiu, mas naquele momento até os meus irmãos me ajudavam com o coro de suas risadas, e as coisas se inverteram, quem estava sendo gozado era ele.

Olhou-nos um de cada vez, um pouco surpreso, e retomou o tom familiar:

---

[7] A exasperação da narradora parece ser decorrente do fato de seu interlocutor ter utilizado um pronome de tratamento muito íntimo na língua italiana ("tu") em contraposição ao esperado para a ocasião ("Lei"). A tradução, embora reproduza os pronomes formais e informais na língua portuguesa, não é capaz de reproduzir o aspecto cultural fortemente marcado no uso dos pronomes em italiano.

"Pode se saber por que a minha simples pergunta provocou tamanha hilaridade?"

Eu sinto alguma coisa fundir-se no meu coração, sinto ter entrado no seu círculo de amizade e de poder dirigir-me a ele livremente. Eu agora tenho a força de olhá-lo nos olhos sem mistérios, de falar-lhe, de não ter mais medo dele.

"Eu nunca estudei, quase não sei ler ou escrever."

O incidente da manhã me desmente, ele, no entanto, não recorda e isto torna a me ferir.

"Não sabe nem ao menos tocar?"

"Tocar? Que coisa? Nada, nem sinetas."

Os meus irmãos começaram a tocar em cordas imaginárias, reproduzindo o som das sinetas quando eram tocadas para acompanhar os funerais, ele, no entanto, observa apenas a mim, e levanta a voz para dominar o tumulto:

"E o que você faz durante todo o dia?"

Eu olho para minha mãe, quase suplicando para não me desmentir.

"Trabalho. Temos tanto trabalho em casa, e as servas não fazem nunca quando mais se precisa."

Os meus irmãos continuam a atrapalhar gritando e rindo, mas minha mãe, vendo que as coisas estavam se encaminhando para uma conversa mais séria, faz com que eles saiam da mesa, e ela mesma vai para a cozinha com a desculpa de verificar se o café está sendo bem preparado.

E eis que ficamos sós, um de frente para o outro e, entre nós, apenas o espaço da mesa, sobre a qual os objetos em desordem me dão a impressão de participarem do medo que envolve a minha alma.

A voz de Gabriel agora é diferente, quase escura, ressonante no silêncio à nossa volta.
"Você não tem irmãs?"
"O senhor viu alguma?"
"Imaginei que tivesse alguma casada. Mas por que me chama de senhor? Quantos anos você acha que eu tenho?"
Eu sabia que ele tinha vinte e dois anos, mas, pelo menos para mim, demonstrava ter alguns anos a mais, já que ele me parecia um homem mais velho, isso, no entanto, me surpreendia, e me lisonjeava a familiaridade um tanto quanto severa com a qual ele começou a falar. Também havia se reclinado com certa superioridade, virando a cadeira transversalmente e apoiando o cotovelo na mesa, de modo que agora a luz do lampadário o iluminava de perfil e eu via o seu rosto como se fossem dois, um branco e outro escuro, sob os cabelos luzentes, que novamente me faziam recordar as asas dos corvos na primavera. Viam-se as sombras dos longos cílios que iam até acima dos olhos, e os lábios, que em seu abrir-se e fechar-se, revelavam e escondiam os dentes em um jogo voluntário.

Ele queria me agradar, e fazia isso instintivamente, e, instintivamente, eu o sentia e me comprazia com aquele gesto até sofrer. Olhando diante de si, como se revisse o seu passado, ele dizia:

"Neste inverno fiquei doente com febre reumática. Meu pai queria de qualquer modo me fazer estudar em Bolonha, porque temos um parente naquela cidade, e morando na casa dele se economizaria qualquer coisa do dinheiro que seria para a pensão. Mas era uma casa úmida, sem aquecimento, no meu quarto a água se congelava na garrafa. A cidade no inverno é muito fria, e quando se sai de casa se congela e se fica congelado durante todo o dia. E assim, mesmo sendo um montanhês, contraí a febre reumática e ainda sinto seus efeitos, por isso estou descarnado e parece que tenho trinta anos. Mas tenho apenas vinte e dois, graças a Deus, e quero conservá-los por toda a vida."

Alisou o rosto com a mão esquerda, quase para assegurar-se de que dizia a verdade, depois retomou:

"E daqui a três ou quatro anos serei doutor. O tempo passa rápido, e, no entanto, oh, como passa rápido. Parece que foi ontem que eu tinha oito anos e frequentava a escola da minha cidade. Mas eu não gostaria de voltar atrás: a infância é melancólica, especialmente em certas casas e em certas cidades. O meu divertimento era o de parar nas estradas, onde a erva ainda cresce entre as pedras, para olhar e invejar as lagartixas que não fazem outra coisa que gozar ao sol."

"Eu também!", exclamo de ímpeto.

Ele vira para me olhar, depois retoma:

"Sim, é instintiva a inveja que as crianças sentem dos animais livres e felizes. Quem nunca desejou ser um pássaro? E, no entanto, os pássaros e todos os animais que parecem felizes, talvez sofram mais do que nós. Sentem continuamente o medo e o perigo, enquanto que o homem se ilude pensando ser forte e capaz de criar o seu próprio destino. A felicidade, contudo, vem do nada e ao nada retorna, e não temos o poder de criá-la."

Eu sentia o meu coração bater como se ele o tocasse com os seus dedos. Cada palavra sua me parecia ser a própria verdade e eu estava orgulhosa pelo fato de ele estar falando comigo. Sem dúvida ele sabia que eu podia entendê-lo, e eu queria lhe mostrar isso, mas eu tinha medo de romper o encanto. Ele, por sua vez, não demonstrava o desejo de me ouvir, ele falava por mim.

"E você também é uma criatura feliz, tem dezessete anos, um pai que trabalha para você, uma mãe santa, uma bela casa, muitos livros que... não sabe ler. E, no entanto, lia um esta manhã, e muito bem."

"Eu não lia."

Ele não queria me contradizer, olhava de vez em quando para as unhas da mão esquerda e movia, ora para cá, ora para lá o alfinete da gravata que parecia um pequeno girassol.

"E eu até te invejei esta manhã, quando vi o fundo de sua janela, e aqueles livros e aquele móvel árabe de museu. Mas onde vocês o pescaram?"

"Recebemos de herança de um tio bispo", respondo com indiferença, como se todos os meus antepassados tivessem sido bispos e barões.

Se bem que ele não dê muita atenção às minhas palavras. Agora as suas palavras me incomodam:

"Quando eu for rico não farei outra coisa que comprar coisas belíssimas, móveis antigos, sobretudo do século quatorze, ferros forjados, estátuas, quadros, cristais e miniaturas. Mas será que conseguirei ficar rico? Meu pai, repito, afirma que as minhas mãos são como uma peneira." Olhou novamente para as mãos, fazendo com elas um engraçado sinal de reprovação.

"De resto, para que serve o dinheiro, senão para satisfazer as nossas paixões? A vida de meu pai, oh não, eu não quero repeti-la. Trabalhar, desafiar o sol e a neve como um pastor, viver em uma casa escura e pobre, para economizar algumas moedas que os outros vêm e desfrutam, oh não, na verdade, é uma ofensa a Deus viver assim."

Eu gostaria de ter defendido o tabelião, cuja figura austera me parecia digna de todo o respeito, mas naquele momento a minha mãe entrou, precedendo a serva que trazia o café, e Gabriel mudou de assunto.

Tudo o que ele falou naquela noite permanece estampado na minha memória como em um livro, não posso me referir a mais nada do que ele falou, porque ainda me dá, ao relembrá-lo, uma sensação de mal-estar.

Depois chegou a hora de se recolher. Ele deveria partir de manhã, saudou os meninos, e virando-se para mim disse:

"Te enviarei alguns livros e postais com paisagens da Alemanha."

Eu não ousava mais olhá-lo, e nem ele me olhava, não lhe dei a mão, nem ele a procurou, mas as suas promessas me apertaram a garganta como um colar de ouro, como se ele me envolvesse para sempre.

"Eu ficarei aqui com você, e você virá comigo, para sempre", parecia que me dissesse assim, e quando ele desapareceu no grande vazio, ao redor vi apenas os olhos de minha mãe, também esses felizes e amedrontados pelo entendimento que – ela entendia muito bem – se havia estabelecido entre mim e Gabriel.

Mas não, ele não me havia dito tudo, e queria me dizer antes de ir para tão longe.

Agitada, triste e ébria de uma paixão que ainda nem eu sabia bem definir, consegui sair, fui para a horta, com o desejo prepotente de ver as estrelas, e a mais luminosa de todas: a janela do quarto, que de agora em diante será o *nosso* quarto.

Tenho um louco desejo de que ele me veja, que encontre uma maneira de alcançar, de conseguir falar comigo, de me levar embora com ele em um turbilhão de amor.

O perfume de manjerona, surgido do contato das minhas roupas com o arbusto, me faz estremecer, tudo tem qualquer coisa que me prende, que me leva em direção à terra. E por terra, sobre a relva nova de outubro, me joguei de verdade, quando uma voz respondeu àquela de minha alma.

Não é uma voz humana e, no entanto, ressoa pela vontade de um homem, e exprime o seu suspiro de paixão igual ao meu, é o lamento de um violino. Quem tocava executava somente simples exercícios, como que procurando um motivo criador que desse forma aos seus sentimentos, e estes transpareciam através das vibrações das notas, unindo-se milagrosamente aos meus.

"Nós nos amamos, menina, mas não ousemos revelar o nosso amor com palavras mortais, porque o nosso amor já tem qualquer coisa que nos assusta, que nos une e que nos divide com uma cor de ódio.

"Eu tenho medo de ti, porque és pura e suave, tenho medo de te fazer mal, enquanto gostaria que toda a tua vida fosse leve e fresca como a erva sobre a qual palpita o teu coração novo. Tu tens medo de mim porque compreendes que eu conheço o mal, e eu já cortei e mordi a vida com os meus dentes selvagens. Mas, se eu descesse agora até você, com minha carne impura, e te estendesse os braços, tu serias a coisa mais minha, e criaria raízes em mim como o bulbo do lírio no adubo que é misturado à terra.

"Mas eu não quero, não posso descer, até porque o teu corpo amargo e frio como um ramo apenas germinando não me agrada. O que me agrada é a tua alma vasta, profunda e cintilante como esta noite estrelada, e com a alma já escura e nebulosa, quero te falar.

"Nós, talvez, não nos encontraremos jamais sobre a face da terra, mas estaremos unidos assim mesmo, este é o verdadeiro amor, e tu, menina, deves me esquecer.

"Quem não te esquecerá serei eu. Te buscarei nos olhos de outras mulheres, mas não te encontrarei. Te procurarei fora de mim, enquanto tu estarás sempre dentro de mim, e tu, por isso, não terás mais necessidade de me procurar."

Assim, depois de tantos anos e tantas experiências, eu traduzo o canto incerto e ambíguo do violino de Gabriel.

O fato é que ele partiu sem que eu o revisse, e a sua visita, entre outras coisas, deixou em nossa casa uma impressão de quase mistério.

O guardanapo que ele havia feito desaparecer não foi mais reencontrado. Ninguém, nem os meninos, nem as servas maldosas, duvidaram que ele o tivesse levado consigo, diziam até que ele o teria comido! De qualquer maneira o serviço ficou mutilado, e cada vez que eu o via sentia uma grande dor, parecia que alguma coisa, um membro de meu corpo, uma asa da minha alma, estivesse me faltando.

Durante muito tempo, todas as noites, os gemidos balbuciantes e também expressivos do violino de Gabriel ressoavam dentro de mim, à minha volta. Quase me perseguiam, eu os ouvia também nas noites de vento, através do suspirar da torrente, no silêncio, perto e longe. Jorravam da relva, da horta, das noites dos grilos, do ranger dos móveis. E me parecia que tudo amasse e sofresse, porque eu amava e sofria.

Os livros e postais que ele prometeu nunca chegaram, nem ao menos uma carta de lembrança, nunca. Somente no inverno, na época da neve, foi que desceram das montanhas o tabelião e o servo, cobertos com mantas, com os capuzes ornados de neve.

Grande foi a acolhida que fizeram para eles – visto que minha mãe achava natural, e até correto, o comportamento silencioso de Gabriel –, o fogo na lareira brilhou alto, todos os fornos foram acesos, as servas correram por toda a cidade para procurarem roupas boas. Mas o tabelião, pálido e frio, não se aproximava da chama, não sorria nunca, antes parecia especialmente severo comigo, como se adivinhasse a minha paixão e a desaprovasse.

Falou muito pouco de Gabriel, e sem o mesmo entusiasmo, disse somente que frequentava a Universidade de Mônaco na Baviera, que gastava muito dinheiro e que também estava estudando pintura.

O servo, por sua vez, contou às servas que as somas requisitadas pelo estudante eram fabulosas, que o tabelião se inquietava também com o fato de que Gabriel escrevia estar sempre doente, e se inquietava até ficar doente do fígado.

E, de fato, morreu no ano seguinte. Eu me obstinava a esperar o jovem, mas sem me iludir. Depois de tudo, ele não havia trocado comigo mais que poucas palavras, e ficou se divertindo dedilhando o seu violino no seu quarto de hóspedes, da mesma maneira que executava todas as coisas, isto é, como exercícios, e não ia além disso.

Também comigo, talvez, pobre criatura encontrada por acaso na sua estrada, se divertiu ao tentar o princípio de uma aventura, da qual se tinha esquecido rapidamente. Contudo, as vibrações do meu coração não cessavam, e visto que eram inocentes, e que ninguém as conhecia, eu não procurava reprimi-las.

Vagas notícias suas chegavam até nós: depois de ter comido o patrimônio paterno não retornou à sua cidade, mas ainda muito jovem, havia realizado em parte os seus sonhos ambiciosos, conquistando fama de intrépido especialista em doenças pulmonares; e dissipava os seus ganhos com amantes pagas. A minha paixão, por conseguinte, pareceu terminar; no fundo, permanecia, no entanto, um sentimento de humilhação, quase de ódio, e o desejo de encontrá-lo novamente, um dia, e de fazê-lo sofrer.

Mas isso também era uma ilusão. Entretanto, os anos passavam e não me traziam nem ao menos a esperança de encontrar um marido. Também porque as coisas em família mudavam, e para pior. Meu pai havia morrido de repente, deixando suspenso os negócios dos quais tinha um grande ganho. Os meus irmãos estudavam e precisava-se de muito dinheiro para eles. Minha mãe trabalhava e chorava. Eu mesma lhe propus de dispensar uma das servas e alugar uma parte da casa, e também o quarto de hóspedes, pelo qual, depois do período de sonho e de vã espera, eu nutria uma aversão especial. E, no entanto, foi este que me trouxe sorte.

Uma mulher da vizinhança se apresentou, um dia, pedindo que alugássemos o quarto para um secretário da prefeitura, ela mesma iria se encarregar de fazer os serviços para ele. Disse:

"É um senhor na casa dos trinta anos, sadio, elegante, de boa família. Parece que também é rico; agora mora em um albergue, onde todos lhe querem bem. Todas as moças são apaixonadas por ele."

Minha mãe pensou durante algum tempo, mas visto que não deveria ter relações familiares com ele, as informações sendo ótimas e o pagamento pelo quarto alto, se concluiu o aluguel. O inquilino se apresentou, mas somente minha mãe o recebeu, que não soube dizer mais do que:

"Eh, parece um bom homem."

E nos primeiros tempos nem parecia que ele estivesse no quarto. Saía de manhã, voltava à noite; nós evitávamos encontrá-lo. Mas a nossa serva, curiosa e fazedora de intrigas, estava, naturalmente, a par de todos os afazeres dele; quando falava dele ficava ruborizada:

"Se visse, senhorita, que roupas, que camisas finas ele possui. E as malhas e calças de seda. E depois ele se tornará prefeito, e depois ministro; por que não procura se casar com ele?"

Eu a repelia. Depois da primeira desilusão, se bem que reconhecidamente voluntária, eu me tornei mais dura, quase selvagem: não lia mais, trabalhava na casa, e quanto mais o trabalho era áspero e humilde eu me afundava nele, como que para me castigar pelo meu passado de ociosidade. Obstinava-me em limpar os cantos mais escuros e descuidados da casa, as gavetas cheias de objetos inúteis, as prateleiras dos armários onde os meus irmãos, quando pequenos, haviam escondido seus papéis velhos e o que restou de seus brinquedos: e eu jogava tudo fora. Assim, eu descia na escura profundidade de minha consciência, procurando iluminar a minha furiosa necessidade de me confessar a mim mesma e a minha propensão em ser austera.

Mas sentia que a vida transcorria em melancolia, e que assim, sem amor, sem esperança, sem pecado, me parecia um vaso de cristal que contivesse apenas o vazio.

A chegada do estrangeiro em nossa casa não mudava a cor dos meus dias; desconfiava dele como de todos os homens e evitava olhá-lo, se por acaso eu o via, quando saía ou chegava. Mas ouvia o seu passo leve e elástico, o cheiro que deixava pelas escadas; às vezes a voz quente e vibrante; e se para mim ele era "o inquilino", diante do qual eu deveria me sentir humilhada por ser um sinal de decadência da família, as palavras da serva — "ele será prefeito" (excluamos, portanto, a altitude de ministro) — o revestiam de respeito e quase grandeza na minha fantasia de moça provincial.

A serva não parava de falar sobre ele, e devia falar de mim para ele da mesma forma, porque percebi que ele tentava se aproximar de mim e me conhecer. Terminado o mês, ele mesmo procurou minha mãe para pagar o aluguel do quarto, e se interessou pelos nossos problemas; minha mãe, no entanto, lhe fez entender que nós desejávamos estar a sós devido ao luto recente e pelos nossos problemas financeiros.

E eis que, um dia, o encontro na casa de certos parentes meus, a única família que eu ia visitar uma ou duas vezes por ano. Eram primos de segundo grau de meu pai; gente abastada, mas afligida por uma numerosa prole feminina: sete moças, uma mais bonita do que a outra; todas galantes, continuamente debruçadas em suas janelas, esperavam a passagem do Príncipe Azul, ou de um simples pretendente. Chamavam a atenção dos forasteiros, dos oficiais que acabavam de chegar, dos vendedores viajantes; mas não conseguiam nunca se casar.

A mãe as conduzia com santa e sonolenta paciência aos bailes, aos sermões, às missas cantadas, onde quer que tivesse multidão; ela mesma organizava passeios no campo e saraus em sua casa para atrair os *melros*; e de mulheres só convidava aquelas que não somente não pudessem fazer concorrência com as filhas, mas também lhe ressaltassem a beleza, a estatura, o frescor.

E aconteceu de eu ir a casa delas, naquele dia, sem saber que tinha um sarau, e teria voltado com prazer, se as meninas, que se debruçavam igualmente na janela, não me tivessem escoltado, chamado, levado para cima no turbilhão de seus vestidos das sete cores do arco-íris. E me levaram para o centro da reunião, cordialmente mas também com certo escárnio; inicialmente me senti realmente um pouco humilhada, pequena e escura como eu era, e fria e melancólica; mas, depois do primeiro aturdimento, vi os vivos olhos dos jovens em minha volta fixarem em mim com um olhar bem diferente daquele que lançavam às minhas primas, e retomei o ânimo; não apenas isso, mas comecei a sentir em volta de mim um benévolo calor de risos pela cena que se desenvolvia em volta.

Se jogava o jogo do *"porque"*.

"Por que, senhor Attilio, hoje colocou a gravata turquesa?"
"Eu gosto dela."
"E por que o senhor gosta dela?"
"Eu esperava que agradasse também a senhora."
"E por que esperava que agradasse a mim?"
"Acreditava que a cor turquesa fosse, para gravatas, a sua preferida."
"E por que acreditava..., etc..."
Até que o desgraçado pronunciasse a palavra fatal: um coro de vozes o apedrejava:
"Penitência! Penitência!"
As frases mais estúpidas vinham acompanhadas de risadas intermináveis; então o jogo ameaçava terminar, talvez porque não cumprisse o verdadeiro objetivo desses exercícios que era o incitamento ao amor, quando chegou nosso inquilino.

A sua aparição trouxe à sala um brilho quase igual ao do sol: todas as moças se levantaram e os seus vestidos coloridos palpitaram como asas de borboleta. Ele, na verdade, tinha qualquer coisa de claro, de luminoso, na sua roupa cinza elegante, no rosto fresco, nos cabelos castanhos ondulados e, sobretudo, nos olhos plenos de alegria ardilosa mas singela. Aquela sensação de festa que animava os presentes, e especialmente as meninas, venceu até o meu coração. E eu também me senti arder, toda, pelo orgulho de ser notada por ele, quando, apontando-me de longe, como se me conhecesse há muito tempo, ele exclamou:

"Você também aqui?"

Veio direto em minha direção e pegou a minha mão relutante com a sua que era lisa e macia como a de um menino.

Os seus olhos longos, límpidos e dourados procuraram os meus; mas como era diferente o seu olhar daquele outro! Olhar que se dava por completo, até a profundidade da alma, e não se retraía nunca. E a sua mão doce mas firme me dizia: "Te peguei, e não te deixarei mais."

Sobretudo, prendeu-me o sentimento de confiança e de amizade que ele rapidamente despertou em mim. Foi como se a porta fechada da residência noturna, dentro da qual eu amava me esconder, de repente se arreganhasse, e a luz da manhã chegasse finalmente também para mim.

O jogo foi recomeçado; e com uma cor bem mais intensa daquela de antes. Uma corrente mágica agora unia cada um dos convidados ao outro; e todos, especialmente as moças, se estendiam em minha direção e na direção de meu companheiro de jogo, quase como se das nossas palavras fosse brotar o raio que revelasse o verdadeiro *porquê* da reunião.

Havia inveja e malícia, mas também alegria, no olhar de todos, até a mãe das meninas, cujo rosto exprime sempre um sofrimento secreto, agora sorri e me olha benévola, quase me encorajando a dar o exemplo para as suas filhas de como capturar um marido.

O meu futuro marido se vira para mim, esfregando as mãos, e sacode a cabeça quase para dizer a si mesmo: vejamos se adivinho.

"Senhorita", disse com voz insinuante, estendendo a orelha em direção ao meu rosto, como que para me encorajar a falar, ou então para dar um ar de segredo; "faça-me a gentileza de me confidenciar porque a senhorita hoje se encontra miraculosamente aqui".

O jogo, se sabe, consiste em evitar, respondendo, a palavra "porque". Eu, ao contrário, respondi de ímpeto:

"Porque..."

Não me deixaram prosseguir; as meninas se levantaram, com a garganta cheia de riso, os jovens olharam com escárnio o meu companheiro. Ah, desgraçado, com uma só palavra te deixas cair em armadilha?

"Penitência! Penitência!"

Foi um grito geral.

Penitência a quem? A mim que desajeitadamente havia respondido com a palavra fatal, ou penitência a ambos os jogadores que se empenhavam na terrível partida de amor e de matrimônio?

Eu, no entanto, não suportava a zombaria, ainda que acompanhada de simpatia; e decidi vencer, com coragem.

Assim, quando o meu companheiro de jogo, por penitência, impôs que eu confessasse como eu desejava que fosse o meu futuro esposo, respondi com um uma entonação que parecia suave e, ao contrário, ressonava do fundo do coração:

"Como o senhor."

No dia seguinte ele me escreveu uma carta de amor; e no maio seguinte foi celebrado o nosso matrimônio.

"Você chorou, sua boba, mas tem razão: tudo está dando errado hoje. A Marisa foi para a cidade assistir o parto de sua nora, e o marido disse que ainda não receberam a carta com o anúncio da nossa chegada. A mulher virá amanhã de manhã. Por esta noite faremos o melhor que pudermos; ou você prefere que fiquemos no albergue da cidade?"

Assim falava o meu marido, que tinha trazido um embrulho da casa de Marisa, enquanto que com uma grande chave que parecia com aquelas de cadeia abria a porta inquieta da nossa nova habitação.

A ideia de ir para o albergue, melhor do que a de passar a noite naquele ermo flagelado pelo vento, estava longe de me desagradar; mas eu tinha vontade de desconsiderar o meu companheiro, o qual eu responsabilizava por tudo o que tinha acontecido de errado; e sem responder, e muito menos lhe falar sobre o som do violino que já tinha se apagado, esperei que ele abrisse a porta e as janelas.

Com uma surpresa agradável, vi uma graciosa sala, de repente iluminada pela luz que vinha de fora; as paredes esverdeadas e o forro de madeira com a mesma tinta, pareciam refletir a cor das árvores; certamente que a cristaleira, no fundo, as refletia em cujos vidros e louças coloridas cintilavam tão suaves que passavam da sombra à luz. E tudo, a mesa oval recoberta por uma tira de renda, as cadeiras e as poltronas de vime, com largos e aconchegantes almofadas, as ingênuas estampas colocadas nas paredes, tudo nesta sala que servia de entrada, de sala de jantar e para receber, quase fugindo para não aumentar o meu descontentamento, parecia me saudar com alegria, com amizade. E ao adentrá-la, eu senti, de fato, qualquer coisa *minha*, como se eu tivesse mandado antes um duende a fim de preparar o lugar para bem me receber.

Ah, sim, agora eu sei: era o hálito de sonho, com o qual por tanto tempo eu havia pensado neste refúgio de amor, que saudava benigno a nossa chegada. Também gostei do nosso quarto instantaneamente, com sua lareira à moda antiga, os móveis simples, a cama com uma suave e macia colcha branca; quando, no entanto, abri a gaveta da cômoda, para colocar as minhas roupas, dei um pulo para trás assustada, visto que eu tinha visto um camundongo, preto e lúcido como aqueles que se vendem para as crianças, aparecer e desaparecer entre um monte de papel roído.

Meu marido, que com a sua santa paciência tinha ido pegar dois baldes de água na pequena fonte atrás da casa, me encontrou de novo toda perturbada.

"Por causa de um camundongo! Mas, se entende, eles estão em todas as casas do campo. Encontrarei um modo de fazê-los desaparecer; o farmacêutico, meu amigo, me preparará uma boa comida para eles."

"Mas, então, não se pode colocar a roupa no lugar, senão eles roerão até os lençóis."

"Oh, mas que exagero! E, depois...", ele disse refazendo o tom da minha voz desolada, "o som dos nossos beijos fará com que eles fujam."

A frase, dita assim, naquele momento, terminou por me irritar: mais uma vez pensei:

"Não, não, eu sou sozinha, eu quero ficar sozinha: não tenho nada em comum com esse homem desconhecido, que me conduziu aqui enganada, como o ogro em sua casa no bosque."

Mas eu não falava, decidi não falar mais. A minha mala estava aberta em cima da cama, e as minhas coisas mais íntimas espalhadas aqui e ali, sob a luz da janela atrás da qual a folhagem dos salgueiros batia desesperadamente nos vidros; assim, pareciam-me espalhados e perdidos em um deserto desolado os meus melhores dias, quando eu preparava o meu pequeno enxoval com tanta ilusão sobre a ponta dos dedos.

Ele, no entanto, jogava água no tonel e preparava o sabão e as toalhas; depois abriu o armário e disse que, naquela noite, as nossas roupas poderiam ser colocadas ali dentro.

"Encarrego-me disto. Mas pegue, beba tudo, não se faça de manhosa."

Por fim, fez-me beber um pouco de café que se tinha conservado quente em uma garrafa apropriada; e não me acariciava, não me dizia palavras doces; antes, me tratava quase com dureza; parecia entender o sentimento de hostilidade que eu sentia contra ele.

Assim, obrigou-me a tirar o guarda-pó de viagem, que ainda vestia, e a me lavar.

Ele já colocava as roupas no lugar.

"Oh, leve então todas as minhas coisas; jogue no armário os meus vestidos, suma com as coisas novas, com as quais me iludia começar uma nova vida. Faz o que quiser, você é o chefe; você pode me comandar como a uma serva, fazer de mim aquilo que te parece e agrada. Até o meu corpo é seu; mas a alma ferida não, não, ela ainda é minha."

"Mas se pode saber o que você tem?", ele, enfim, perguntou, depois de ter arrumado toda a roupa, e também colocado longe a mala, em um quartinho da casa.

"Nada. Estou com frio."

E, realmente, eu sentia frio. O vento soprava mais inexorável, penetrava nas frestas, e se transformava no dono absoluto do lugar e da hora. Hora triste, de crepúsculo quase invernal, com uma luz branca e fria que parecia agonizar. E eu tinha a impressão de estarmos, eu e o meu companheiro, em um lugar de exílio, de castigo, por não sei qual pecado cometido.

"Agora vamos comer, e você se aquecerá", ele retomou, condescendente.

"O marido de Marisa me deu um pão caseiro e um salame: como presente de núpcias não é nada mau. Temos ainda frango e vinho. Agora os pratos e os talheres."

Ele conhecia muito bem a casa, que foi limpa e abastecida com as coisas necessárias com antecedência pela Marisa. Mas a coisa mais necessária, quando a luz começou a sumir, não se encontrou. A lamparina a querosene estava vazia, e não tinha velas.

Comecei a rir um pouco, por causa das precauções inúteis do meu marido; depois fiquei um pouco assustada com a ideia de ter de passar a noite no escuro, naquela casa desconhecida, com aquele homem que não era mais o meu noivo e que de momento em momento se transformava, para mim, em quase um inimigo. Entretanto, quando ele disse que queria fazer uma corrida até a casa da Marisa para nos prover de luz, senti o quanto a sua presença era necessária para mim, mais do que a própria luz.

Eu nunca tive medo, mas naquele dia todo o meu ser estava como que de cabeça para baixo: a menina vinha à tona dentro da esposa, a fantasia pegava carona na realidade. Não era, na verdade, esta a realidade que eu havia esperado da minha viagem de núpcias; e as mais pequenas contrariedades, como os objetos na penumbra da noite, ganhavam formas grotescas.

A nenhum custo teria ficado sozinha um minuto sequer, eu que me gabava comigo mesma da minha soberba solidão interior; sozinha naqueles cômodos que me pareceram tão familiares, mas que a cada momento se enchiam, sempre mais, de sombras e de fantasmas.

"Não vá, não vá", peço e imploro ao meu marido; "não quero ficar aqui sozinha, por hoje já chega, estou cansada."

Ele não responde: parece se perguntar pelo significado das minhas palavras; talvez ele entenda, mas o distorça voluntariamente.

"Pois bem, se está cansada, vai para a cama. Nós ainda nos veremos. Eu vou e volto."

Exasperada, começo a gritar:

"Não, não, não!"

"Mas o que é que você tem, Nina? (Ele costuma me chamar com esse nome que ninguém me chama: e naquele momento me pareceu que ele tinha se dirigido a uma pessoa que não era eu.) Está se desesperando por coisas pequenas? É o cansaço; amanhã tudo terá passado. Faça-me o favor, vá dormir. Vamos, ande, querida."

Pegou-me pelo braço, acariciou as minhas costas. Eu o odiava. Encolhi-me toda, o repeli.

"Deixe-me, não quero ir para a cama; quero ficar acordada durante toda a noite."

Ele começou a rir e falar comigo como se estivesse falando consigo mesmo.

"Começa-se bem! Teria sido muito melhor se fôssemos para o albergue: e melhor ainda se ficássemos em casa. Mas daria no mesmo."

Tentou ainda me fazer algumas piadas, no fundo também estava aborrecido; ele encontrava em sua pequena esposa irracional uma mulher que ainda não conhecia; que o teria feito sofrer, que, enfim, não era mais a doce noiva de ontem, mas a amarga mulher dos dias que estavam por vir. Ele, no entanto, era homem, e um homem de experiência: tinha quase dez anos a mais do que eu, e conhecia a vida. E já conhecia também as minhas fraquezas.

Então, ele me deixou sozinha na sala de jantar, diante da mesa ainda aparelhada, sobre a qual batia desoladamente a última luz esverdeada da porta envidraçada.

Mas não saiu. Eu o ouvia tatear no quarto e na cozinha, também andou fora da casa, mas sem se afastar muito.

Sentia o vento irromper na cozinha e penetrar pelo corredor; chegava aos meus pés com um estremecimento de serpentes; e eu me irritava sempre mais, também vencida por uma tristeza que quase se aproximava ao desespero.

Parecia-me estar amarrada e jogada como um saco na estiva de um barco que navegava, navegava, entre o estrepitar do mar e a tempestade.

Mas, de repente, senti um cheiro de fumaça. E este cheiro de casa viva, de gente viva, de família, de calor, de poesia, me trouxe à consciência: as lágrimas voltaram a banhar-me os olhos, mas como eram diferentes das primeiras!

Pareceu-me ter sido despertada por um pesadelo, de engolir, com o meu pranto, toda aquela jornada tenebrosa e perversa. O meu companheiro acendia o fogo. Quando abriu a porta do quarto, vi a chama na lareira; e sobre o fundo, como que surgida do sol, a sua imagem me reapareceu como aquela que eu tinha até o momento em que o sacerdote havia juntado nossas mãos: a imagem vivente do amor.

Na manhã seguinte chegou Marisa. Meu marido se levantou para abrir a porta; e eu os ouvi rir e confabular na cozinha, enquanto ela acendia o fogareiro e preparava o café. Ele perguntava sobre as notícias da cidade, do farmacêutico, das coisas da prefeitura. As coisas na prefeitura não iam muito bem: Marisa sabia, porque todos na cidade falavam sobre isso; estava cheia de dívidas e o Conselho Comunal da prefeitura, visto que naquela época não existiam ainda os administradores locais[8], deveria ser dissolvido.

"Vão precisar de um comissário que queira ser prefeito; por que o senhor não se candidata?"

"Era só o que nos faltava", penso eu, alarmada, mas não excessivamente.

As coisas tinham mudado, desde a noite anterior, e agora me parecia ter sonhado, ou melhor, que os problemas do dia anterior tivessem sido apenas um sonho terrível: e eu mesma havia me transformado completamente em outra mulher.

Terminado o vento, de fora e à minha volta, no quarto grande e morno, reinava um silêncio só comparado àquele que se sente quando um trem estrondoso para em uma estação solitária da montanha.

Eu tinha a impressão de que a terra tinha parado de girar, e tudo e todos tivessem ficado suspensos no espaço, infinitamente azul e puro. As árvores, diante da janela, e da qual meu marido havia aberto as persianas e as portinholas, pareciam-me gravadas sobre a laca dourada do céu; e

---

[8] O texto se refere a administradores que passariam a existir no sistema de administração fascista. Eram chamados em italiano de "podestà", uma denominação tomada dos antigos administradores de algumas cidades italianas medievais entre os séculos XIII e XIV.

mesmo o gorjeio dos pássaros tinha uma vibração mecânica, como aquela dos rouxinóis falsos.

As palavras que o meu companheiro, colocando o rosto na porta, pronunciou com voz baixa, não perturbaram, antes aumentaram aquele sentimento de encanto:

"Quer que a Marisa te traga o café? Ela já comprou o leite, o pão e também uma galinha, peixe, fruta e verdura."

Bem que venha, então, esta Marisa, que, mais do que a cornucópia da abundância, parece ter trazido o dom da paz e da serenidade.

E, na verdade, quando ela apareceu na porta, com a jarra de café, com atenção para não deixar cair os recipientes, mas ao mesmo tempo observando-me rapidamente com os seus olhos de gato, pareceu-me uma daquelas fadas vestidas de velhas mutiladas, que passeiam pelos bosques das fábulas à procura de crianças de coração generoso. E ela era de fato aleijada, com um ombro acima e o outro abaixo, com um peito duro e proeminente, os pés que pareciam estar com raiva um do outro e caminhassem cada um segundo a sua vontade, virando-se os calcanhares; a testa, no entanto, era belíssima, pelas cores pastéis que a animavam; o rosto branco dourado de sardas; os lábios vermelhos, os olhos de esmeralda; os cabelos abundantes, crespos e da cor acesa do sorgo maduro. Parecia a cabeça de uma menina, mas quando ela abriu a boca para me cumprimentar, vi que lhe faltavam quase todos os dentes, a voz forte ecoava, sibilando um pouco como o vento quando não encontra obstáculos.

"Desculpa, senhora, por ontem à noite. Mas a carta de vocês ainda não chegou. Oh, e aqui, em relação aos serviços, cada um faz como bem lhe parece. A senhora dirá: 'mas você também fez a mesma coisa'; mas entenderá que havia a minha menina que devia dar à luz. E a gente vem ao mundo e se vai quando menos se espera. E, nesse caso, se pode dizer mesmo *a gente* porque a minha nora teve dois gêmeos."

"Muito bem! São os primeiros?"

"Eh, não. A minha Pierina é corajosa: já fez outros dois; dois e dois são quatro; todos homens, se Deus assim quer. Ela tem vinte anos e meu filho vinte e cinco: assim terão tempo de ver os filhos grandes."

Ela parecia satisfeita e orgulhosa: e o trabalho de seus homens não era fácil, gente de mar, áspera, sempre à frente do perigo e da mais crua morte.

No entanto, não estava completamente feliz com o marido, e quando lhe perguntei sobre ele, me falou de má vontade.

"Meu marido é um santo homem, mas tem suas ideias estranhas. Viajou por todos os mares, em navios mercantis a vapor, sem nunca subir de posto e nem encontrar sorte. Três anos atrás voltou para casa sem nenhum centavo, todo amassado e esmagado como um peregrino; e não aceita dinheiro de ninguém; não cumprimenta ninguém, com suas ideias na cabeça. Enfim, devo dizer o que ele é? É um anarquista. Imagine só, daquela idade, com a boca mais vazia do que a minha, e a artrite nas costas. Mas não faz mal nem a uma mosca. E não é só isso, mas depois que começou a ser pescador de anzol, quando pega peixinhos pequenininhos os devolve ao mar. Por isso não é levado a sério nem mesmo pela polícia."

Eu acompanhava o que ela dizia, mas pensava em outra coisa. Ela tinha entreaberto a janela, e no ar encantado da manhã vibravam novamente, mas distantes e como que submersos, os acordes de um violino: os mesmos da noite anterior.

"Quem mora aqui perto?", pergunto tomada por uma sensação de mistério.

"Aqui, à direita em direção ao areal, em uma casa de sua propriedade, vivem um cego de guerra, com sua esposa. No verão alugam quartos aos veranistas, mas agora, que eu saiba, não tem ninguém, talvez seja ele quem dedilha o instrumento. Mas não se alarme, senhora, é gente tranquila, e a cerca alta os separa completamente daqui."

Então vejo subitamente o quadro diante de mim: vejo o cego no seu quarto, iluminado como este meu, pelo sol que parece se surpreender com o seu próprio esplendor: o infeliz sente penetrar até o seu coração envolvido de sombras esta luz de Deus, e a saúda com a voz comovida de seu violino.

Não, Marisa, não me alarmo com esta vizinhança: antes penso que será a nossa presença, isto é, da nossa felicidade, que perturbará a triste quietude daqueles dois esposos já envolvidos pelo mesmo véu fúnebre.

Quando me debrucei na janela, vi, embaixo estendido, um miraculoso tapete verde adornado de pequenas margaridas vermelhas; e entre os salgueiros que ali faziam sombra, abrir-se um pequeno caminho no fundo do qual brilhava o espelho azul do mar.

Fiz o sinal da cruz tamanho era o sentimento de alegria que eu experimentava e que chegava às raízes da minha alma. Depois escrevi para minha mãe, e para postar a carta andamos até a estação, refazendo a estrada solitária do dia anterior. Não queria ainda visitar a cidade: estava com medo de ver gente, isto é, de sair do círculo mágico de solidão que Deus havia posto à nossa volta para a nossa felicidade. Apenas quando eu retornava pela praia, observei a casa vermelha do cego de guerra, escondida entre duas cercas feitas de arbustos; e consenti em ir ver a casa da Marisa, ainda mais que naquela hora não deveria ter ninguém.

E, de fato, apenas um cachorro amarelado, que parecia uma raposa, já amigo de meu marido, estava estirado sobre a areia, diante do recinto pré-histórico de seixos, ramos e arbustos, que defendia a casa. Casa? Na verdade era uma grande cabana de paredes de estuque, revestida de lama e cal, com o teto de madeira, com uma porta e duas janelas novas que destoavam na construção troglodítica.

Além do cachorro, que havia se levantado e depois comodamente se recolocou sobre a areia onde estava estampada a sua pegada, numerosas galinhas animavam o pequeno quintal arenoso que circulava com o seu anel claro a pequena casa negra. O portão de galhos, segurado por um gancho de madeira, foi facilmente aberto por nós; e através de uma janela entreaberta se entrevê rapidamente o interior pitoresco da sala, que servia de quarto, de cozinha, de depósito para materiais de pesca. Tudo ali estava limpo e em ordem. Sobre a mesa da lareira as cafeteiras, e outros recipientes de cobre, pareciam novos; e sobre uma cadeira ao lado da porta distingui o fuso e a roca cheia de cânhamo, nada mais que uma rede a ser remendada. Um estilo de vida antiquíssimo, de vida ainda na aurora dos tempos e da humanidade, se desprendia de todo o ambiente; e eu fiquei a olhar dentro da casa do anárquico da mesma forma que as crianças olham para dentro de um poço onde a lua se reflete.

Esta é verdadeiramente a cidade da lua de mel. Desce-se em direção ao mar: a praia está em uma encosta, e neste ponto bastante larga, com uma areia finíssima e macia, que o vento amontoa em verdadeiras dunas. É preciso se cansar um pouco, já que não estamos descalços, para atingir a faixa sólida lambida pelas ondas claras como águas de rio.

Eis-nos, então, no cerco do sonho tão sonhado: entre mar e terra; o primeiro florido de velas vermelhas, e o outro florido de açafrão e de ranúnculos. Depois da zona dourada do areal, se viam os grupos de árvores, quase todos choupos e plátanos, e sempre em meio a essas graciosas casas com as janelas fechadas. Ninguém as habitava, naquela estação; e, de fato, na praia diante nós se notavam apenas as pegadas dos pequenos pés dos pássaros que pareciam terem descido para se banhar no mar: pelo contrário, eram as pegadas das andorinhas marinhas que de vez em quando desciam para repousar entre os juncos das dunas.

Apenas nós dois, de gente viva, andávamos ao longo da praia, na infinita paz daquele dia divino, com o sol todo nosso, o céu, o mar e a terra feitos apenas para nós: casais de borboletas de ouro vinham da charneca, e nos seguiam, como que atraídas por um eflúvio de amor comum e, às vezes, eu me via, com maravilha verdadeiramente infantil, recolhendo algumas conchinhas que pareciam pequenas flores petrificadas.

Mas a vida é sempre a vida, com suas pausas enganadoras, suas graças e suas crueldades, às vezes, ao mesmo tempo unidas.

E eis que meu marido, como naquele dia, junto aos recrutas selvagens, também agora se afasta de mim, por instinto de respeito ao próximo, e parece ter vontade de esconder a nossa intensa felicidade.

Um homem vestido de negro aparecia no fundo do areal, a sua figura me pareceu, à primeira vista, altíssima, entre a linha amarela da duna e o fundo cinza dos arbustos, depois diminuiu-se rapidamente, como que afundando-se na areia, se levantou um pouco, tomou forma precisa à medida que se aproximava obliquamente de nós. E era a de um homem ainda jovem, mas evidentemente doente. O seu rosto amarelado com olhos cavernosos, circulados pela moldura de uma barba que ia até o pescoço e pelos cabelos ralos e crespos, me fizeram lembrar um antigo retrato de meus avós de origem moura; e à medida que ele se aproximava de nós, qualquer coisa de impressionante, precisamente como uma recordação atávica sepultada nos alicerces de meu ser, balançou-me de cima a baixo até as minhas veias, até atingir o meu coração e me obscurecer as ideias. Nos encontramos, também os seus olhos, através de suas cavidades lívidas, olharam quase que assustados as nossas figuras; depois ele prosseguiu em sentido inverso ao nosso, sem parar, sem olhar para trás.

Nós também prosseguimos em silêncio. Eu olhava a areia em meus pés, como antes, na inocente busca das conchinhas, mas apertava os lábios, quase que para impedir que o meu companheiro ouvisse, através da minha respiração, o arfar do meu coração confuso. Porque naquele homem eu havia reconhecido Gabriel.

Gabriel ou um fantasma que me lembrava Gabriel? Naquele homem não havia nada do jovem de vinte anos que eu havia visto – ou apenas entrevisto – em minha casa paterna. Então por que se assemelhavam tanto? Talvez porque, nos anos em que se seguiram à minha espera vã, o rancor, a humilhação e também a raiva contra mim mesma, me induziam a uma imagem da figura de Gabriel sinistra e doente como a daquele homem encontrado na praia.

Eu me perguntava se deveria ou não falar a respeito disso com o meu companheiro.

Durante o meu noivado, eu fiz apenas uma alusão a respeito do meu primeiro e único revés amoroso, sem insistir, visto que ele tinha se mostrado um tanto quanto ciumento. Agora, então, eu sentia vergonha de dizer que o horrível e quase grotesco homem que tínhamos encontrado, fosse, talvez, o fantástico Adônis de minha juventude. Talvez, então, não fosse.

E para que perturbar naquele instante, por um momento que fosse, a serenidade do meu companheiro? Eu não tinha o direito. Eu deveria guardar para mim as minhas alucinações e fantasias, além do mais, eram os turvos vestígios de um passado que deveria ser esquecido completamente.

De resto, apenas tendo o homem se afastado, meu marido retomou o meu braço exclamando:

"Que cara feia a daquele desgraçado. Deve estar doente do fígado."

"Você", eu pergunto, sempre olhando a areia nos meus pés, "ainda não o havia visto?"

"E onde?"
"Aqui, no verão passado."
"Nunca o vi, nunca o conheci, nunca ouvi falar sobre ele."
"Esperemos que ele não more próximo a nós."
"Por quê? Está com medo?"
"Medo de quê?"
"Que nos venha a incomodar."

Eu rio, levanto os olhos e vejo os seus límpidos olhos perolados. Rio, mas o meu coração treme, e em cada palavra nossa eu encontro um significado misterioso. Sim, é verdade, tenho medo do homem que encontramos, da sua proximidade, do seu mal. E me lembro da casa do cego de guerra, o gemer do violino: sim, é ele, é Gabriel, que depois de sua vida de ambição e vícios, já doente desde a juventude, talvez agora perto de morrer, veio se refugiar naquele canto do mundo onde a fatalidade também nos conduziu.

Mas eu quero ter certeza e descobrir a fundo: saber se na pensão do velho alguém está hospedado, e se é Gabriel: e se for, digo tudo ao meu marido e vamos embora daqui.

No entanto, parece que já posso ouvir as suas palavras respondendo:

"Bobinha, mas você tem realmente medo daquele espantalho? E depois o que é que se passou entre vocês dois? Quantas moças não encontram, no mesmo dia de seu casamento, o seu ex-tormento?"

Por outro lado, eu mesma me perguntava se, depois de tudo, Gabriel teria me reconhecido, e se, me reconhecendo, havia se perturbado e tencionava me prejudicar. No fundo eu sentia que sim, que ele havia me reconhecido e experimentava um incômodo mais intenso do que o meu:

mas eu queria me iludir ainda. Não, ele não havia me reconhecido, talvez nem ao menos me tenha visto: os seus olhos eram os de um homem que já está no caminho da morte e que não vê mais nada que não seja a sua tragédia.

O pensamento de que ele era realmente um simples passante, um que segue o seu caminho e que talvez não vejamos nunca mais, me provocou um alívio cruel. Daqui a poucos meses ele estará morto, despedaçado e levado embora pela onda do tempo, como uma dessas conchas vazias da praia; enquanto que diante de mim, ao contrário, a vida se estende e se dobra mais cerúlea e mais luminosa do que este mar e do que este céu, que também são, para mim, o interior de uma concha infinita, da qual a minha felicidade é a pérola.

Um sentimento de alegria pavorosa volta a me elevar: tenho dentro do meu coração toda a agitação e fulgor do mar e do céu: os olhos se dirigem ao sol em busca de Deus e para agradecê-lo por ele ter me dado a vida.

O início da minha vida de casada teve, verdadeiramente, um "não sei o quê" de fantástico, também pela sua simplicidade, como uma das inumeráveis pequenas coisas criadas por Deus, que ao serem contempladas parecem nada, mas ao serem examinadas detidamente enchem a alma de maravilha. Assim, eu olhava as conchinhas, os pássaros, as borboletas, os cristais de sal, as flores da margem. Eu ainda não tinha vivido assim perto do mar, e estando assim tão próxima eu me sentia pequena e frágil e, no entanto, com um respirar amplo; e feliz e bela como as andorinhas que o exploravam e que pareciam tingir-se da cor da onda.

O homem negro, o fantasma encontrado no primeiro dia, não tinha reaparecido, nem eu havia escutado o som do violino. Em nosso ninho tudo corria bem. Marisa chegava de manhã bem cedo, cheia de provisões, e queria que os esposos se levantassem tarde e que deixassem que ela cuidasse de todas as outras necessidades de suas vidas. Entrando em nosso quarto, com a garrafa de café, parecia que farejava o ar, como uma fera já velha que sente o cheiro de amor dos jovens casais de sua espécie. Quando abria as persianas os seus cabelos envermelhavam o vão azul da janela, e os seus olhos, virando-se em nossa direção, nos traziam o reflexo de um dia maravilhoso.

O cheiro de rosa entrava com a primeira brisa: era o perfume dos álamos, mas em senti-lo eu tinha a impressão de que um jardim fabuloso, com lagos, cisnes, capelinhas e estátuas circundassem a nossa residência: uma escada de mármore descia até o mar, um caminho arborizado conduzia ao bosque. Na verdade, ouvia-se o canto do cuco, que me lembrava a infância áspera, quando eu ainda não conhecia Gabriel, e perguntava ao pássaro melancólico quantos anos ainda me separavam do esposo, dos filhos, da morte.

O esposo está aqui, os filhos virão e a morte está longe. E a voz do cuco continua a me chamar a atenção e, como quando menina, eu gostaria de encontrar o ninho, ou pelo menos interrogar novamente o oráculo.

Enquanto o meu marido se diverte em perturbar a Marisa perguntando-lhe se o seu consorte já havia, finalmente, sido levado para a cadeia, se a nora tinha a intenção de fabricar mais dois gêmeos e se a prefeitura havia feito novas dívidas, eu deslizo do leito nupcial e, com os pés descalços, saio para o pequeno prado diante da casa: no fundo do pequeno caminho vejo o mar, firme como uma muralha de cristal turquesa: as gaivotas voavam rasante sobre ele, esparramadas de azul; as flores do prado, todas dirigidas ao sol, se curvam em um ato de saudação; e o ar é tão transparente e as cores em volta tão irisadas, que se tem a impressão de se encontrar dentro de um diamante.

Meu marido, cuja toalete é muito mais demorada e complicada do que a minha, coloca pela janela o seu rosto coberto por uma barba branca de sabão, e me chama para dentro energicamente.

"Mas o que está fazendo, descalça? Você vai ficar doente. Vem para dentro imediatamente."

"Já vou."

Como as crianças desobedientes, prossigo em meu passeio proibido: a relva é fresca e tem-se quase vontade de pegar e sorver o orvalho: sobre a cerca da alameda as aranhas teceram pequenos arco-íris; as borboletas exploram com familiaridade os meus cabelos, e uma pequena lagartixa de bronze faz a mesma coisa com os meus pés. Oh, tu, esposo, faz bem em chamar-me: eu não sou mais tua: sou ainda uma menina de sete anos que corre sobre a relva do prado e pelos caminhos onde a mamãe a havia proibido de andar.

"Não se afaste daqui, menina, lá no fundo mora o ogro, e o homem preto."

O homem preto, de fato, estava lá no fundo onde o muro azul do mar cercava a terra.

Caminhava com a cabeça baixa como que procurando um objeto perdido. Certamente, ele não me viu, mas eu, assim mesmo, me joguei para trás, no canto da cerca, para melhor me esconder e esperar que ele se afastasse: e me parecia que a relva tremesse comigo sob os meus pés, que as aranhas parassem o seu trabalho e que as borboletas fugissem: todos com medo dele. Dele que velava a luz do sol, e que talvez procurasse sobre a areia, no limite entre a vida e a morte, os vestígios de seus dias perdidos.

Quando entrei em casa devia ter o rosto assustado e ao mesmo tempo taciturno do menino desobediente ao qual aconteceu qualquer desventura inconfessável, porque o meu marido, já sentado à mesa, diante da taça de café que Marisa lhe havia preparado, olhou-me entre inquieto e severo.

Fui colocar as meias e os sapatos, perguntando-me ainda, mais uma vez, se deveria falar-lhe de Gabriel; sim, eu deveria, mas a maneira hostil com a qual ele me recebeu à mesa, como, tal e qual, se recebe um menino que se quer punir, tirou-me as palavras da boca. E, novamente, uma injustificável melancolia surgiu entre nós naquela manhã, aparentemente porque eu não tinha voltado logo para dentro, assim que ele me chamou, e porque mais tarde eu não quis fazer com ele o costumeiro passeio ao longo da praia: na verdade porque eu me sentia profundamente perturbada e preocupada com a macabra aparição de Gabriel, e sobretudo porque o meu marido, sem explicar a razão, sentia que alguma coisa de insólito e grave nos separava.

Mas ele também se calava porque não tinha nada a dizer, nada que pudesse repreender, nada. E, todavia, a sombra nos separava.

Mas não, nada nos separava. Ao contrário, pensando na vida que eu teria com o outro, e reencontrando-me na realidade presente, a minha alma exultava como a cotovia no alto dos céus.

E então, por que esta sombra, este peso indefinível, esta linha misteriosa de silêncio, este refutar físico da boca em pronunciar um nome que não era amigo nem inimigo para nós? Eu entendi mais tarde, passada a tempestade. Eu não queria realmente turvar, nem mesmo com uma nuvem que passa, a atmosfera límpida de nossos primeiros dias de vida comum: dias que no futuro deveriam sempre surgir como os primeiros da criação de um mundo novo, todo luz e transparência, não manchado por um fio sequer de sombra.

Quando, então, meu marido voltou de seu matutino passeio solitário, corri ao seu encontro e o abracei como se ele retornasse de uma longa viagem; ele também me abraçou com alegria, e a paz voltou.

À tarde fomos à cidade

Todos na cidade conheciam o meu marido, e ele conhecia a todos, enquanto que eu era olhada com curiosidade pelas mulheres sentadas diante das portas das inumeráveis lojas da rua principal, e pelos homens reunidos em grupos aqui e ali na praça.

Entramos na farmácia para comprar um dentifrício, e o *jovem* farmacêutico, que era um belo velho gordo e brincalhão, fez-me uma profunda inclinação, olhando de lado e com malícia para o meu companheiro.

"Senhora, os meus distintos votos de felicidade. Gosta da nossa cidade?"

"Oh, muito. É uma das cidades mais alegres que conheço."

Para dizer a verdade eu não conhecia muitas cidades; mas naquele instante parecia que eu tinha viajado meio mundo.

"Honradíssimos, senhora! Pena que o clima não seja constante: às vezes faz um frio soberano, e em seguida um calor dos infernos. Depois vêm os períodos de vento violentíssimo, que, dizem, iguais só existirem na China; então é preciso fechar-se dentro de casa, esperando que esta caia."

"Meu amigo", interveio o meu marido, "o senhor não faz uma única observação positiva a respeito de sua cidade natal."

O homem levantou no alto o indicador que parecia uma salsicha.

"A verdade antes de tudo, ilustre amigo. A senhora julgará: visto que um desses períodos se aproxima a passos largos: eu sinto pelo ranger de meus velhos ossos."

"Esperemos que tais rangidos sejam apenas consequentes dos fartos banquetes que o senhor usufrui sozinho, caríssimo senhor Nèle", rebate o meu marido, fazendo um sinal de esconjuro. "Estamos em maio."

O homem me deu com grande gentileza, quase galante, o pacote do dentifrício.

"A ti, senhora, se bem que pude constatar que seus dentes brilham como pérola. De resto", se aproximou contendo um sorriso de malícia, "vocês, esposos, não têm nada de grave a temer, já que estando trancados três dias e três noites em seu ninho. Mas esse corvo-marinho[9]...".

---

[9] "Corvo-marinho", "cormorão" ou "biguá" (no Brasil) são designações para diversas aves marinhas da família de aves denominada *Phalacrocoracidae*.

Ele pronunciou as últimas palavras com a voz baixa, e eu tive apenas o tempo de me jogar em direção ao meu marido, pegá-lo pelo braço e fazer com que ele saísse comigo de dentro da farmácia, quando o fantasma preto que havia obscurecido o vão da porta entrou, nos evitando, em direção ao balcão.

"Que cara você fez", disse o meu marido olhando-me preocupado. "Você está verde."

Então eu o interrompi:

"Aquele homem me mete medo: parece-me um fantasma de mau augúrio. Se voltar a ventar, nós vamos embora mesmo. Eu não quero estar nesta cidade, quando o vento chegar. Tenho medo."

Ele retomou o meu braço e, menos mal, começou a brincar.

"Mas se pode saber exatamente de quem ou de que coisa você tem medo? Daquele mocho ou do vento?"

"De todos os dois", respondi. Mas no fundo eu me sentia ofendida porque antes o homem da farmácia, e agora ele, chamavam Gabriel com o nome de dois pássaros.

"Mas com o que te incomoda? Se aquele desgraçado tem as suas doenças, que fique com elas. E se o vento voltar fiquemos dentro de casa e acendamos o fogo como naquela noite. Você se lembra?"

Ele me apertava o braço, para reacender em mim a lembrança daquela primeira noite, como se eu tivesse esquecido: e, na verdade, pareceu-me ver a chama tremer na lareira e dissipar a sombra em volta. Não, nada de mau pode nos acontecer, quando estamos seguros de querer apenas o bem.

Eis que então, próximo ao anoitecer, o horizonte se cobriu de nuvens que pareciam com montanhas de lava, com caminhos vermelhos que serpenteavam flamejando; o vento começou apenas no dia seguinte, perto de meio-dia, e a própria Marisa anunciou que seria violentíssimo.

Mas nada tínhamos a temer, já que em casa havia provisões para oito dias e lenha, e velas, e querosene.

Faltava-nos apenas alguma coisa para ler, e enquanto a mulher terminava de reorganizar as coisas, meu marido fez uma corrida à cidade para procurar jornais e alguns livros.

Eu saí para o espaço diante da casa, aonde o vento chegava atenuado, já que soprava de noroeste, e balançava os salgueiros e os choupos apenas do lado esquerdo de nossa casa, atravessando-os com a sua enchente violenta que ia se afogar no mar. Via-se a areia do areal levantar-se como um vapor amarelo e pássaros e borboletas se misturavam ao turbilhão, quase o enfrentando com a sua leveza.

Não sei por qual instinto, tive o desejo de imitá-los. O vento, que ainda não estava no máximo de sua força, tinha uma voz convidativa, como uma música que excita à dança ou à marcha: e devia ser, de novo, algo de atávico, aquele desejo de misturar-se e de combater com os elementais que me empurrava em direção à praia.

Mas, no fim do caminho, parei, incerta, antes aturdida: o vento agora passava na minha frente, levando embora a areia, com uma fúria louca; levantava as minhas vestes e os meus cabelos, quase tentando arrancá-los de mim; penetrava em minhas orelhas, enchiam-me os olhos de areia e a boca com o seu sabor de fungos e de musgos, que dava a impressão de um lugar de origem, isto é, das grutas de onde tinha brotado como um gigante troglodita que quer perturbar a natureza.

Todavia, o desejo de medir forças com o vento retorna: sinto que sou, eu também, uma força natural, e quero atravessá-lo do mesmo modo que ele atravessa as árvores e os arbustos. Agarro as minhas vestes com uma mão, e com a outra seguro firme os cabelos, e desço em direção à margem. O mar está tranquilo, azul, apenas encrespado pela fúria do monstro: antes parece que sorri, enquanto que, sobre a praia agitada, a areia foge assustada, refugiando-se no dorso das dunas.

E paro novamente no limite da água e penso nas mulheres dos pescadores, quando em meio à tempestade esperam, junto ao mar, o retorno das embarcações.

No entanto, vejo as embarcações vagarem ao longe, com as velas cheias, coloridas como tulipas: vão lá embaixo, onde o mar e o céu se confundem em um único vapor violáceo, enquanto que na praia as ondas são lançadas pelo vento, brincando com ele como se fossem golfinhos.

Quando eu me virei para ir embora a respiração me faltou de verdade. Tenho ainda a impressão de que um muro se levantasse diante de mim, fazendo-me trocar o passo: uma figura negra estava ali, fixa, sinistra como um morcego, piedosa como um Cristo sem cruz. Era Gabriel.

Tirou o chapéu, que segurava firme com as mãos e me cumprimentou: os seus olhos sorriam, um pouco irônicos, e então eu o reconheci de verdade, mas com uma nova e estranha impressão.

Parecia-me que ele ainda fosse o antigo Gabriel, o jovem, o mutável e fascinante Gabriel, e que se tinha camuflado assim, de moribundo errante, como costumava fazer tempos atrás, para poder me assustar.

Tornaram-me à mente as histórias de seu pai: parecia-me estar ainda sentada em nossa mesa sob a luz do lampadário de cristal. Gabriel era a figura evocada pelo velho tabelião, a figura que ainda não havia encontrado, mas que já do fundo irreal da fantasia exercitava sobre mim um poder fatal.

E eis que ele se aproximava, também ele empurrado pelo vento da fatalidade: olha fixo em meus olhos, e ainda mais uma vez os olhos falam por sua própria vontade, enquanto que os lábios se refutam em pronunciar as palavras da verdade. Ele, que de fato me reconheceu muito bem desde o primeiro encontro, pergunta, com um tom de quem quer ser simplesmente cordial e, ao contrário, é quase trágico:

"Senhora, permita-me lhe perguntar se verdadeiramente a senhora é a senhorita que eu tive o prazer de conhecer há oito anos, na casa de seu pai?"

O som surdo, mas cordial de sua voz rompe o obstáculo misterioso e medonho que em nossos encontros recentes nos separavam: eu, de repente, encontro toda a minha segurança e estendo a mão ao espantalho.

"Também me parecia conhecê-lo, senhor Gabriel. Mas o que traz o senhor aqui?"

"E a senhora o que a traz aqui?"

Eu começo a rir.

"Bem, as extravagâncias da vida!"

Mas a minha alegria ofusca, de repente, os seus olhos: a sua boca se contrai em um sorriso mais triste do que um grito de dor, e eu também recaio na impressão de que *tudo* seja um pesadelo.

"Casou-se há muito tempo?", ele retoma sem mudar a voz.

"Apenas há quinze dias."

"Está feliz com o seu casamento?"

"Sim, felicíssima. Meu marido é tão bom quanto gentil."

"E é um belo jovem. Sim, fez bem em se casar. Certamente trocará a sua pequena cidade por uma cidade grande."

"Por enquanto, não, bom, pelo menos até o momento em que o meu marido não seja transferido. Mas estou muito bem em minha cidade, em minha casa."

Novamente seu rosto resplandeceu, como que por um reflexo luminoso.

"Sempre me lembro de você, de sua casa: lembro-me do quarto onde você, quando a serva me fez entrar sem pedir licença, lia *Os Martírios*, de Chateubriand, diante daquela maravilhosa escrivaninha antiga. Lembro-me do lampadário de cristal da sala de jantar, da figura franciscana de sua mãe, e dos seus irmãos que saltavam atrás de mim como cachorrinhos brincalhões. Lembro-me de tudo. E você?"

Ele tinha se tornado severo: a breve pausa entre as suas últimas palavras tinha um tom de inquisição: como se a culpada pela nossa separação depois daquela noite inesquecível tivesse sido eu!

Eu enrubescia, de fato, mas sentia o vento varrer o meu rosto, e esperava que ele não notasse o meu turbamento. Eu queria lhe dizer que eu também me lembrava de tudo, e me defender, e perguntar-lhe o porque de seu longo silêncio; mas eu tinha medo.

Medo de quê? Dele me fazer mal, ou de eu lhe fazer mal? Naquele momento não deveria existir mais lugar para outros sofrimentos na vida dele; e eu sentia que o teria feito sofrer lhe contando sobre o meu amor e sobre a minha espera por ele. Mas eu tinha vontade de me vingar; e eu sabia que no fundo a melhor forma seria exatamente a de esconder dele o meu passado. Então, o instinto da maldade me tomou de repente, com uma violência insana como aquela do vento que nos envolvia, até o ponto de lhe perguntar com uma surpresa fingida:

"Mas como o senhor consegue se lembrar de todas essas coisas? Que boa memória o senhor tem!"

Então ele também se fez de malvado, e falando me mostrou os dentes amarelos que já conheciam o sabor da morte.

"O que você quer? Quando se está doente se recorda dos dias de saúde. A senhora também, um dia se lembrará: lua de mel não dura para sempre."

Ofendida, ferida, com o desejo de exclamar, fazendo sinais de esconjuro: "Morte ao astrólogo!", enrijeci-me, também como um gesto de superstição, como quando se cruza com uma mulher corcunda, depois eu disse perfidamente:

"É, infelizmente. Mas o senhor não está tão doente, ou cuida pouco de sua saúde se sai para dar voltas com esse tempo."

Ele começou a tossir. O fez de propósito? Ou, mais do que o tempo, a minha maldade estimulou o seu mal? Aquele instinto de medo que apenas a sua presença me trazia se transformou em quase terror: terror de eu ser atingida também pelo seu mal, ou de que ele, para se vingar, fizesse-me um mal ainda pior. Eu havia lido que os doentes do seu gênero são maus, e no último estágio de sua enfermidade, podem se transformar em delinquentes.

Mas de que coisa Gabriel poderia me acusar que não fosse a minha felicidade atual? Não tinha sido ele que havia aparecido e desaparecido em minha vida como um meteoro fulgurante, ou melhor, como um cometa que havia envenenado a atmosfera de minha juventude?

Quando ele, no entanto, tirou da boca o lenço com o qual procurava aplacar a tosse e trouxe, dentro deste, uma mancha de sangue, o meu turbamento e os meus maus pensamentos se transformaram em piedade ardente e angustiada.

"Gabriel", eu disse, estendendo-lhe a mão, "peço-lhe desculpas. Mas você está mesmo fazendo mal estando aqui fora com esta ventania. E, depois, como pode ter escolhido esta cidade para se restabelecer?"

Ele fez um gesto com a mão que apertava o lenço: não tocava, mas parecia repelir a minha mão. Não falava, talvez para não recomeçar a tossir, mas o gesto dizia: "Esta ou qualquer outra cidade, a esta altura, dá no mesmo para mim. E depois, quem sabe do nosso destino?"

"Gabriel, não creia que eu tenha verdadeiramente me esquecido de você. Esperei por seus livros, lembra-se? Esperei que você voltasse. Ao contrário, veio o seu pai, e depois eu soube que você estava no exterior afortunado e célebre. Falava sempre com a minha mãe de você. Jamais acreditei que pudesse encontrá-lo aqui, neste lugar. Mas tenho esperança de que você vai se recuperar: é o que lhe desejo de todo o coração." Ele abaixou a cabeça como um menino humilhado, e parecia esperar que eu continuasse a falar. Mas eu não podia dizer mais nada.

Então ele retomou, sem mais olhar para o meu rosto.

"Lembra-se de minhas brincadeiras? Eu fiz desaparecer o guardanapo..."

"Ah, isso eu me lembro bem! Que raiva eu sentia quando tirava o serviço mutilado. Porque, sabe, o guardanapo não foi mais encontrado."

Arrependi-me rapidamente de ter dito essas palavras, e com razão; porque ele respondeu:

"Eu sei muito bem. Eu o levei comigo."

"Você?"

Ele sacudiu a cabeça para trás, como se quisesse repelir o vento que o quebrava, e reencontrar a força de tempos atrás: e quando voltou a me olhar, revi nele o hóspede daquela distante noite de outono.

"Sim, eu. E você sabe disso muito bem, como sabe de muitas outras coisas. Mas é necessário que nos encontremos mais uma vez, e que eu lhe diga o que você ainda não sabe. Eu vim aqui para isto, hoje, para lhe pedir uma conversa. Oh, não tenha medo", afirmou, com o seu sinistro e resignado sorriso, "será uma conversa com um morto".

O que lhe devo responder?

"Ela dirá: aos mortos não importa mais nada da vida dos vivos. Quem pode saber? Existe uma parte de nós que não morre, ou que pelo menos vive ou se ilude em viver até que dure a sua respiração. Você sabe, do resto: você sabe tantas coisas."

Este seu refrão me fazia lembrar o lamento de seu violino. Era verdade; eu sabia tantas coisas, *sabia tudo*, mas o que eu podia fazer agora por ele? Estávamos, talvez, sempre no mesmo ponto: o encontro do espírito com a matéria; só que as partes tinham se invertido, e se agora nele falava o anel da alma que não queria ir embora do mundo solitária e sem consolo, em mim prevaleciam os motivos mais constantes da vida.

A imagem de meu marido não me abandonava nem por um instante em meu pensamento: parecia-me traí-lo só pelo fato de dar atenção ao som da voz de Gabriel; e, ao mesmo tempo, eu o ouvia rindo às minhas costas, zombando de mim.

O infeliz retomou:

"Venha aqui um dia em que estiver sozinha; eu a verei, porque vejo todos os seus passos. Mas não desça em dia de vento", concluiu quase brincando; "antes, faça uma coisa você também: não saia mais de casa quando este demônio devorador estiver por perto".

Voltou a me cumprimentar e se despediu para ir embora: eu o segui por alguns passos, depois me afastei transversalmente, com o vento que bebia as lágrimas dos meus olhos.

Foi mesmo uma espécie de tufão, aquilo que durante três dias devastou ao nosso redor. Somente a noite se acalmava, como que cansado do seu insensato furor, mas depois recomeçava com mais força a sua obra desesperadora. E parecia que chorava, aquele vento angustiado, uivando a sua terrível dor; como que tivesse um louco desejo de vingança contra as coisas que tentava destruir e que na verdade destruía. Até do nosso teto voavam as telhas; duas árvores se partiram.

Na noite do primeiro dia meu marido ainda tentou ir até a cidade para comprar os jornais, mas voltou atrás mortificado: não se podia caminhar. Por sorte, em sua primeira saída, ele tinha conseguido comprar alguns livros, e eu não parava de ler, quase que me escondendo entre as páginas para esconder o meu pensamento. O meu pensamento contínuo era este: "Por que não digo ao meu marido que Gabriel me parou e que quer ter uma conversa comigo? O que tem a me dizer aquele desgraçado que eu já não saiba? Ele mesmo me disse isso."

A minha pena não era por ele, certamente, no fundo, ele ainda continuava a me dar um pouco de medo e muita repugnância: a minha pena era por mim, que não conseguia me livrar de sua sombra, e achava qualquer coisa de perturbadora no meu instinto de silêncio e de engano contra a única pessoa que realmente, depois da minha mãe, queria-me bem.

Eu me sentia levada por uma fatalidade similar àquela que impelia os personagens do livro que eu lia; e era sempre o fundo romântico de meu temperamento, aquele que agia, eu sabia muito bem; mas tentava achar a razão de tudo aquilo com explicações místicas.

"Aqui está um homem que deve morrer daqui a pouco tempo, e sabe que vai morrer. É uma alma que já está suspensa sobre o abismo do todo, ou do nada. Aquilo que Gabriel tem a me dizer talvez o ajudará a morrer em paz: talvez salvará também a sua alma, que ao invés de se precipitar no vazio voará em direção a Deus. Eu não devo negar-lhe esse conforto. Talvez ele se confessará comigo: me dirá os seus pecados, os erros de sua juventude, o mistério que lhe impediu de voltar para mim. Eu lhe direi que já o tinha perdoado: será a sua absolvição. Mas por que tenho que fazer isso em segredo?

Assim eu perguntava e a consciência me respondia:

"Justamente porque se trata de uma obra religiosa, que transcende a relação humana."

E, no entanto, eu não estava contente comigo.

Mas eu tinha diante de mim um tempo para decidir. Na manhã do terceiro dia veio a Marisa, toda desgrenhada e confusa, dizendo que o vento havia meio que destroçado a sua casa, desmontando uma parte do teto.

"É o inferno, com todos os demônios soltos: nunca se viu um tempo igual nessa estação." "É porque a minha mulher saiu de dentro de sua casa", afirmou o meu marido. "O tempo ficou atordoado." Depois, entre as notícias, a mulher disse que até a casa dos Fanti, o cego de guerra, foi danificada pelo vento, e que o inquilino, vencido por uma crise de sua doença, talvez devida ao tempo, estava de cama.

"A senhora Fanti está muito inquieta: entende-se, não é conveniente ter em uma pensão, que dentre em pouco será frequentada por veranistas, um doente daqueles. A não ser que morra logo."

"Frequentemente os doentes do pulmão morrem no outono", observou meu marido. "A não ser que o tempo não continue assim."

Ele falava daquela maneira para poder me irritar: eu, no entanto, pensava que com o agravar da doença de Gabriel, Deus talvez sinalizava uma resolução ao meu drama. Perguntei à Marisa:

"Mas aquele doente não tem parentes? E, se os tem, foram advertidos?"

"Parece que não tem, ou que não quer falar com eles."

"Se piorar, irei visitá-lo", eu disse então, com voz baixa, como se estivesse falando para mim mesmo.

E, rapidamente, o coração generoso da mulher me aprovou:

"Seria uma obra de caridade. Até a rainha vai visitar os doentes."

Meu marido não disse nada. E eu me sentia aliviada e feliz com a ideia de que Gabriel iria morrer em breve.

Finalmente, próximo ao anoitecer, o vento parou: mas a terra ainda continuava aturdida, e o céu se tingia de uma cor verde invernal: não me lembro de um crepúsculo tão triste como aquele.

Enquanto o meu marido ia à cidade na mesma procura pelos jornais, eu me aventurei em uma volta, ao redor de nossa casa.

O terreno estava cheio de galhos quebrados, de folhas, de pedaços de papel sujos; e um silêncio quase que amedrontador seguia ao estrépito de antes. Até o mar, descolorido e frio, dormia; e as árvores, sugadas pelo vento, pareciam que não iam se mexer nunca mais devido ao seu cansaço.

Como a borboleta atraída pela luz, eu caminhava em direção à casa do cego de guerra; e esta, na verdade, vermelha alaranjada entre o cinza dos arbustos, era a única nota colorida ao redor.

Por outro lado, era muito perto da nossa, um pouco mais inclinada em direção ao mar, separada apenas pelas cercas e pelas árvores; mas para se chegar ali se precisava, mesmo assim, fazer uma volta pelas cercas para penetrar no espaço que a cercava. Eu não queria andar muito além, e me contentei em olhá-la da cerca. Era uma casa modesta com uma varanda no canto e dois terríveis leões de gesso reclinados, um em parte dos degraus diante da porta de entrada: mas, de repente, algo fantástico, para mim, aconteceu porque uma janela foi entreaberta e o som do violino de Gabriel tremulou no ar encantado; sempre com os mesmos acordes, quase iguais aos de uma criança que começa a estudar e já tem pretensão de saber muito. Era o som do mesmo instrumento, que me amolecia o coração, reportando-me ainda àquela noite inesquecível em que o hóspede extravagante permaneceu em nossa casa.

Em vão eu procurava me sacudir e me alegrar com o fato de que, se Gabriel estava tocando violino, não estava tão mal: eu ouvia um réquiem, naquelas vibrações que chegavam como tentáculos até a mim; e que mais uma vez ele me *falava* assim como podia, com um balbuciar delirante, para me dizer o inexprimível.

E a minha ideia fixa não me abandonava.

"Ele morre desesperado: e me chama para confiar-me a sua alma. É preciso que eu vá."

Antes, no entanto, corri descendo pelo lado oposto, em direção à casa da Marisa, com o objetivo de pedir para que ela fosse até a nossa casa, para avisar ao meu marido que eu iria visitar o doente.

Marisa não estava; somente o pescador, pendurado como um grande macaco sobre o teto devastado, recolocava em ordem as madeiras e as telhas derrubadas.

Parei e fiquei a olhá-lo curiosa: ele tinha realmente um aspecto de homem ancestral, com a barba vermelha grossa, o nariz curto e os olhos com a cor do céu triste em cujo fundo ele se movia.

Percebendo a minha presença, se debruçou na borda do teto e me disse, com uma voz petrificada mas ressonante:

"Está procurando pela Marisa? Ela não está. Vattelapesca, é para onde foi aquela vagabunda: está sempre passeando."

Eu sabia que ele falaria mal dela, como ela falava mal dele; em outra ocasião eu teria me divertido em mexer com ele; mas então eu me sentia muito triste para fazer isso. Ele começou a me explicar o motivo de estar trabalhando àquela hora:

"Esta noite vai chover: e então nós vamos tomar banho na cama."

"Vai chover?", eu pergunto, olhando o céu.

"Vai chover e depois vai começar o vento."

"Virgem Maria! Preciso mesmo ir."

Ele parecia estar muito contente com todo aquele meu espanto: mas era uma alegria de um menino malvado.

"Certamente", disse, levantando-se com uma telha na mão: "Desta cidade, ou se escapa, ou se fica e morre. Depois de viver bastante, se compreende isso", acrescentou para reafirmar o que dizia.

Eu voltei, resignada, convencida de que, naquela noite, Deus não permitiria que eu me aproximasse de Gabriel: a sua janela ainda estava aberta, não se ouvia mais a música: mas me parecia que no ar e nas coisas que se obscureciam, se expandisse a sua desolação mortal.

Fui ao encontro de meu marido, e me joguei em seus braços com uma ternura infantil: uma vontade superior à minha me forçava a me confessar de qualquer maneira com ele, a lhe pedir, sem parecer, ajuda e conselho.

"Fui até a praia", digo com voz baixa, "e vi o marido da Marisa, que estava consertando o teto, porque ele tem certeza de que vai chover esta noite e depois, Deus nos livre, recomeçará o vento; depois eu ouvi o doente tocar o violino: fiquei comovida e gostaria de ir visitá-lo."

"Mas você está mesmo obcecada por aquele desgraçado", ele respondeu, batendo levemente os jornais sobre o braço. "Se nós sentíssemos pena de todos os infelizes do mundo não se respiraria mais."

"Mas esse está a dois passos de nós: e nós somos felizes, enquanto que ele está morrendo."

"Se está tocando violino, não está morrendo."

"Morre, morre. E está sozinho no mundo."

"E quem sabe, você?"

"A dona da casa disse à Marisa."

"Então que a dona da casa faça companhia a ele."

"Você é mau, sabia? Mau e egoísta."

"Não está vendo que você está apaixonada por aquele espantalho? E olha que o tempo em que os doentes daquele gênero estavam em moda já passou há muito tempo."

"Não creio que aqueles doentes tenham suscitado outro sentimento que não fosse a piedade, mesmo porque o mal lhes golpeia justamente na flor da idade."

Meu marido, no entanto, como sempre, tinha vontade de brincar.

"Da piedade ao amor é apenas um passo."

"Mas vai!", eu lhe disse, empurrando-o seriamente. "Além do mais é muito cedo para eu te trair."

"Eh, em se tratando de mulheres, nada se sabe de preciso."

As suas palavras me faziam mal: eu queria que ele entendesse o objetivo religioso da minha ação; mas não conseguia explicá-lo.

Ele, no entanto, devia sentir o fluido misterioso que envolvia e transportava a minha alma, porque de repente me disse:

"Na sua família já tem um santo: aquele bispo que, pelo que sei, morreu assistindo os portadores da cólera."

Então eu também me lembrei de minha adolescência mística, e entendi melhor o meu interesse pelo Gabriel doente e condenado à morte.

"Espero que não queira brincar com aquele nosso santo. Ele foi santo de verdade: no auge de sua sabedoria, e de sua carreira eclesiástica, queria partir como missionário, para curar os leprosos. Não lhe permitiram, e ele obedeceu. Talvez, realmente, alguma faísca de sua chama reviva em mim."

Meu marido colocou o seu rosto em frente ao meu, para olhar bem nos meus olhos.

"Oh, minha pequena, espero que você não esteja falando sério. Agora já existe a Cruz Vermelha que se encarrega dos enfermos: nós temos outras coisas a fazer."

E tentou me beijar enquanto que eu o evitava ainda, porque, na verdade, naquela noite eu me sentia um pouco santa.

De qualquer maneira, agora que eu havia expresso o meu desejo, antes a minha decisão de visitar, não mais escondida, Gabriel, sentia uma grande alegria triste dentro de mim. Dei-me conta, de repente, de que o meu marido, além do seu descontentamento, experimentava também um sentimento de ciúme: era um ciúme instintivo, como sentem também as crianças e também certos animais domésticos, quando se veem um pouco traídos, ou deixados de lado; e ele procurava me esconder esse sentimento, sem deixar que ele escapasse totalmente. Não me deixava um minuto sozinha, e na mesma noite falou de irmos embora do nosso refúgio, mesmo da cidade, e ainda mais se o vento recomeçasse.

Mas um acontecimento inesperado fez com que nós ficássemos muito mais tempo do que tínhamos imaginado.

Naqueles dias o Conselho Comunal da cidade foi dissolvido e o meu marido, sem que ele se candidatasse, talvez por sugestão de alguém que o estimasse, foi nomeando Comissário da prefeitura. Nós discutimos por algum tempo, se ele iria aceitar ou não. A nomeação era indubitavelmente honrosa, e beneficiaria a carreira de meu marido: por outro lado, vinha acompanhada de uma discreta indenização que nos permitia uma permanência sem despesas.

Uma pequena sombra, no entanto, ofuscava a pequena sorte: aquela *sombra*.

De repente, eu me senti outra: tenho pela primeira vez a consciência precisa e profunda do meu dever de mulher e de esposa; então fixo os meus olhos límpidos nos do meu companheiro e digo:

"Eu, por mim, sou da opinião que fiquemos. Te darão, certamente, uma casa na cidade: ali nos estabeleceremos tranquilos e começarei, de verdade, a ser mulher e dona de casa. Já passeamos o bastante e eu quero mudar de vida."

Ele interrompeu: já entende tudo.

"Não vejamos as coisas de maneira trágica: e se eu aceito o cargo, o aceito com o propósito de continuar esta vida. Não é muito boa?"

Pegou-me pelo braço e me levou até o lado de fora, em um passeio, mas pude observar que ele evitava os lugares onde poderia encontrar o espantalho. Fomos comprar alguns objetos no bazar da cidade, já que, devendo prolongar a nossa estada na pequena casa, eu já desejava embelezá-la e supri-la com todas as pequenas coisas necessárias.

Uma cortina, um tapete, um bordado colorido para colocar em cima de um móvel, um pequeno vaso de cerâmica, são frequentes em uma casa como as flores em um jardim. E também os utensílios de cozinha me davam um prazer um tanto infantil: o batedor para maionese, com a sua forma complicada de moinho, os pequenos potes de esmalte, brilhantes como espelhos de banheiro; a cafeteira que fica bem em qualquer lugar, as tesouras para peixe, e enfim as taças com casais de pavões coloridos que não param nunca de fazer amor.

A dona bigoduda do bazar nos atendia pessoalmente, lisonjeada pela honra que tinha de nos servir, mas já disposta a nos cobrar o dobro por tudo. De brinde me deu um rolo de fita, com o qual eu não sabia o que fazer, todavia o recebi como sinal de reconhecimento.

E o bazar se enchia de mulheres curiosas. A notícia de que meu marido deveria ser o chefe da cidade já tinha se espalhado pela população, e todos nos olhavam com respeito e esperança, quase como se o novo comissário da prefeitura pudesse fazer o milagre de pagar os débitos da prefeitura e acabar com os impostos dos ricos e dos pobres.

Quando estávamos indo à praça, o senhor Nele, o velho jovem da farmácia, saiu de sua loja até a rua com o seu imaculado guarda-pó, para nos cumprimentar, com uma inclinação até o chão, quase como se fôssemos um casal real.

Um pouco mais adiante encontramos o gigantesco bispo, com pequenos tufos vermelhos em cima do chapéu, acompanhado por um cortejo de padres e sacristãos camponeses: e todos, que antes não davam atenção a nós, nos cumprimentavam: até os camponeses que trabalhavam atrás das cercas se levantavam, com seus olhos azuis sorridentes em nossa direção; e Marisa nos disse que até o seu irredutível marido aprovava a nomeação de um gentil homem como o meu marido como chefe do governo da cidade, e que mesmo os membros do Conselho Comunal dissolvido, tinham a intenção de nos oferecer um banquete, por sua própria conta, entende-se.

Com todos esses acontecimentos, a nossa vida deveria ser mudada obrigatoriamente. Meu marido ia todos os dias à prefeitura e trabalhava durante longas horas, já que havia muita coisa para ser resolvida.

Eu ficava em casa, visto que não tinha nem desejava ter conhecidos; e nunca saía sozinha, para evitar um encontro com Gabriel. Eu trabalhava com Marisa, aprendendo a cozinhar: foi ela quem me fez conhecer as muitas variedades de peixe, e a maneira de cozinhá-los. O marido dela pescava especialmente para mim, já que, embora ele não fosse nunca nos visitar, segundo a sua esposa, ele tinha uma verdadeira devoção pelos jovens esposos.

"Ah, parece que se apaixonou pela senhora. Desde aquela tarde que falou com a senhora do teto, não faz outra coisa que se lembrar da conversa, e se arrepender de tê-la assustado dizendo que o turbilhão ia voltar. Hoje lhe mandou essas trilhas: veja, parecem pequenos anjos nus."

E do pequeno cesto que parecia ser feito de algas, saíam, uma por uma, gordas trilhas que pareciam ter realmente a carne muito macia, fresca e rosada.

Era Marisa, então, que me trazia, sem que eu lhe pedisse, notícias de Gabriel.

"A senhora Fanti está muito preocupada, e queria mandá-lo embora; mas o marido não deixou. É um santo aquele pobre cego. Faz companhia ao doente, e lhe fala sempre de Deus. E tu, senhorita, não vais mais visitá-lo?"

"É, realmente eu mudei de ideia. O que é que eu posso fazer por ele?"

"Assim, por obra de caridade. Até nos mandamentos está escrito: visitar os doentes."

E insistia em me dizer que o doente não queria mais nem médicos nem remédios; porque sabia que já estava sendo despachado; e que quase nunca dormia; que não falava a não ser para responder ao piedoso chefe da casa; e era tão doce e resignado com seu destino que até a senhora Fanti não apenas não ousava mandá-lo embora, mas cuidava dele e o tratava como a um irmão.

"São realmente boas pessoas, marido e mulher, e Deus os compensará: talvez o doente deixe alguma coisa para eles. Mas quem pode saber se é rico?"

"Não creio que seja", eu digo imprudentemente e fico vermelha, e em vão tento retirar minhas palavras. "Pelo menos não parece."

Mas a mulher, inteligente e maliciosa, já havia farejado o cheiro do meu misterioso interesse por Gabriel: olhou-me atentamente, mas sem falar nada, e, apenas quando foi embora, me perguntou se eu não tinha medo de ficar em casa sem a companhia de meu marido.

"Por quê? Quem poderia vir até aqui?"

"Ninguém, é verdade. E depois eu devo lhe dizer uma coisa que lhe fará rir. Meu marido lhe faz segurança. De vez em quando, ele dá uma volta por aqui."

"Mas por quê? Qual é o perigo? Você me mete medo."

"Nenhum, nenhum, falei por brincadeira: e depois, desde que o seu marido está na prefeitura, os verdadeiros guardas estão sempre perto daqui."
Era verdade; e depois eu não liguei mais para isso. Mas sim, alguns dias depois, dois personagens quase fantásticos saíram da pequena estrada, atravessaram um espaço e se aproximaram de nossa pequena casa.
Eram Gabriel e o cego. Este eu não conhecia, nunca o havia visto, mas eu o reconheci facilmente pelo seu modo de andar, apoiando-se no bastão, com o qual primeiro tateava o terreno; e pelos grandes óculos escuros que escondiam os olhos vazios. Era realmente um belo jovem, um pouco troncudo, colorido, e com o rosto cheio, e de aspecto sereno e quase alegre, que contrastava com o do seu fúnebre companheiro.
Eu estava à janela, e o meu primeiro instinto foi o de me retirar, de me esconder; mas Gabriel já havia me visto e percebi que o seu rosto também começava a brilhar, como se a minha presença lhe infundisse um sentimento de alegria, de vida.
Ambos me fizeram um sinal de respeitoso cumprimento e se foram em direção ao longo da cerca, em direção à estrada principal. Nada de mais simples: eu, todavia, fiquei perturbada. Sentia que Gabriel, apenas melhorado de sua última crise, tinha saído para me ver; e já que deveria saber que eu não saía mais sozinha de casa, havia arrastado o cego até passar em baixo da minha janela.
Próximo ao anoitecer, o meu marido voltou, e esfregando as mãos com aquele ar brincalhão de quando queria me

pregar uma peça ou me fazer uma surpresa, anunciou uma grande novidade.

"Já descobriu um tesouro para pagar as dívidas da prefeitura?"

"Explique-se melhor, explique-se melhor."

Sabendo já que a coisa iria ser demorada, então fingi que não estava interessada; até que quando nos sentamos à mesa ele confirmou a notícia, já anunciada por Marisa, do grande banquete que as autoridades, e também as pessoas do povo da cidade, queriam oferecer a ele e a mim.

"A mim também? Mas o que eu tenho a ver com isso?"

"Tu, aqui, representa a primeira dama da cidade; então é necessário que aceites o convite."

"Aceitaremos."

O convite era para o sábado à noite, nos salões de um albergue próximo à praia, ainda vazio de turistas. Marisa agora esqueceu do marido, dos gêmeos, do doente e não falava de outra coisa que não fosse esse banquete, toda excitada e orgulhosa de ter sido ela a primeira a trazer a notícia, e talvez a primeira a sugerir a ideia.

Estavam fazendo grandes preparativos: deveria ser um daqueles clássicos banquetes da região: famosa pelos seus formidáveis comedores, que tinham também muito bom gosto. Já se conhecia a lista dos pratos, e eu me sentia mal do estômago só em pensar. Mas a vida traz as suas satisfações e as suas penitências ao mesmo tempo; é necessário evitá-las ou aceitá-las.

"Todos irão, aqueles que podem pagar, é claro", disse Marisa nervosa e atormentada como se ela fosse responsável pelos preparativos do banquete. "Até o senhor Fanti irá, já que ele é cunhado do dono do albergue, porque as mulheres são irmãs. E a senhora Fanti ajuda a preparar bem as coisas."

Para brincar com ela eu digo:

"Eu gostaria que o seu marido fosse também."

E ela arregala os olhos, ri, e fica séria.

"Eles não o querem: seria uma coisa muito escandalosa. E ele, depois, não iria mesmo."

"Esperemos então que ele não me venha a jogar uma bomba."

"Oh, se acontecerem desastres serão de outra natureza, e no final do banquete. Verá", ela anunciou com malícia. "Serão cinquenta garrafas de vinho de mesa, trinta garrafas de vinho velho, trinta de espumante. Cem frangos, cinquenta quilos de peixe, uma ovelha, cinco variedades de sopa inglesa. E mais..."

E mais, na noite de quarta-feira, depois de um dia precocemente quente, o céu se cobriu com a sua manta ameaçadora, que não era de nuvens, mas de vapores quase que vulcânicos, com camadas vermelhas e cor de malva, que brotavam de um lago de fogo no horizonte. O mar também participava do mau humor do tempo, refratando com exasperação as cores do céu. Como quadro era agradável, especialmente quando a lua cheia se levantou das espumas ensanguentadas do mar, com um plácido rosto de Vênus gorda, e por um momento pareceu acalmar o céu, bem rápido, no entanto, foi velada e engolida também pelos vapores sempre mais escuros e densos.

Foi uma noite já estiva, quente, sem brisa: até que ao amanhecer o inimigo voltou. Como sempre, veio leve, quase traiçoeiramente; mas, uma vez tendo tomado a posse do lugar, recomeçou a sua obra de vandalismos.

Por sorte, agora o meu marido tinha à sua disposição o automóvel, modesto, mas sempre bom da prefeitura: eu fiquei em casa, com as portas e janelas bem fechadas, em companhia da Marisa, divertindo-me, dizendo que o tempo estava assim contra os que estavam promovendo o banquete.

E já que, por três dias as notícias sobre o banquete eram poucas, e Marisa não podendo nem por um minuto ficar com a língua parada na boca, recomeçava a falar de seu marido, dos gêmeos ou de Gabriel.

"Aquele desgraçado voltou para a cama novamente. Mas por que é que ele não vai embora desta cidade? Este não é um lugar adequado para ele. Ele precisa de que alguma pessoa piedosa o aconselhe a partir."

"E por que o dono da casa mesmo não o aconselha?"

"Eh, não, pareceria querer mandá-lo embora. E o senhor Fanti é muito bom para ousar tanto. Mas..."

Hesitou por um momento, depois disse aquilo que já me tinha lampejado no pensamento.

"Por que você não o aconselha?"

Eu queria protestar, repetir que eu não conhecia Gabriel: não o fiz, e não apenas, mas estava como que convencida por uma ideia que eu não sabia de onde surgisse, prometi mais uma vez ir visitar o doente.

"Quando?"

"Não sei, quando tiver oportunidade; quando eu tiver vontade."

"Sim, muito bem, senhorita. E o aconselhe ir para um lugar onde possa se restabelecer."

"Sim, no outro mundo!"

"Fará um bem também para os Fanti, que são pobres e vivem apenas dos proventos da pensão que deverá ser aberta daqui a alguns dias, e que ninguém vai querer se hospedar, se o doente continuar lá."

"Sabemos disso. Está bem, mas agora chega", eu termino a conversa insatisfeita.

Nada dos Fanti me interessava: antes eu me perguntava se não teria sido a mulher do cego a sugerir a Marisa toda aquela conversa, para me induzir a persuadir Gabriel a ir embora; a senhora Fanti, que *alguma coisa* deveria saber, talvez mesmo por confidência do doente: mas eu sentia que era ele quem me chamava, quem me pedia aquela conversa da qual a sua alma teria tirado a extrema força para partir tranquila desta cidade onde o vento se cala na eternidade.

E assim seja.

Daquele momento em diante parecia que um som de órgão acompanhasse os meus pensamentos: marcha fúnebre, certamente, mas na qual ressoavam notas grandiosas de esperança, de fé, de retorno a Deus.

No sábado, pela manhã, o vento parou de repente, como tinha vindo, e as flores, os fios da relva, todas as coisas se levantaram do seu martírio.

O mar ficou lácteo e bom como uma criança que adormece: e as velas coloridas suspensas sobre o véu do horizonte eram os seus sonhos inocentes.

Enquanto Marisa cuidava dos afazeres e recomeçava a falar do banquete, eu coloquei o meu chapéu de palha florentino com a sua bela fita infantil, e fui passear nos arredores. Um pequeno pássaro amarelado, com o bico e os pezinhos ainda úmidos, caiu de um ninho que estava no alto: peguei-o, segurei-o entre as minhas mãos palpitantes, com o desejo de levá-lo para casa, também para salvá-lo de qualquer gato. Mas não, pequeno pássaro, deve aprender a se salvar sozinho, com a vontade de Deus. Eu o coloquei em cima da cerca: se balançou por um momento, incerto e assustado: depois deu um pequeno trilado e voou para cima, atingindo o ninho.

Com alegria prossigo o meu passeio; vou por uma estrada arborizada, fechada por poças onde a água verde está coberta de folhas arrancadas pelo vento: em suas margens crescem pequenas flores de todas as cores, que me lembram aquelas do nosso sítio e toda a infância e adolescência fresca e selvagem como aquelas flores. Tenho vontade de colher um maço delas, e levá-lo para casa: mas não ouso arrancar uma haste sequer, porque me parece que as flores irão sofrer.

Hoje tudo tem o direito de viver à minha volta, já que eu também estou viva e feliz, cheia de alegria como nunca eu havia estado. E do mesmo modo que tudo está verdadeiramente repleto de alegria à minha volta, no ar transparente e sem temperatura, no silêncio atravessado somente, em intervalos precisos, por uma longa nota flautada, um gorjeio mais sustentado e apaixonado do que aquele do rouxinol. Vem-me à mente o acorde do violino de Gabriel, mas este acorde que agora parece brotar da água e se reflete em um tremular verde, é um som mais atormentado e fragmentado; e se quer, assim, indefinível, mas concretizado na felicidade concedida por Deus a toda a criatura terrena. É o sapo, que pede o amor de sua companheira.

Ao retornar, passei em frente à casa da Marisa, que estava, como de costume, aberta e deserta; depois, continuando pela minha estrada, me virei para olhar a casa dos Fanti. A janela de Gabriel estava entreaberta; entreaberta a porta de entrada vigiada pelos leões de gesso, mais terríveis que os leões de verdade.

"Por que", perguntei-me, "não vou logo visitá-lo?"

E teria ido, se sobre uma mureta ao lado da varanda, ao lado do quarto dele, eu não tivesse visto cobertas e lençóis pendurados: provavelmente a dona da casa, ou a arrumadeira, refazendo a cama do doente, e então aquela não era uma hora oportuna para a minha visita. Por outro lado, lembrava-me do desejo dele, que eu também compartilhava, de falarmos à sós, se bem que não havia nada de mais a ser dito, nada que não fosse inocente. Com o pensamento de ir vê-lo quando os donos da casa estivessem ausentes, prossigo então pela estrada, mas não tenho vontade de retornar para o nosso refúgio: tenho necessidade de ar e espaço hoje, eu caminho ao longe pelo caminho solitário que risca entre o areal e os pequenos jardins das casas de primeira linha. Então eu vou até o albergue do Lido, lugar da festa iminente: sobre os terraços e varandas que dão para o mar não se vê ninguém; e também não ouço o propagar dos grandes preparativos sobre os quais Marisa fala: no entanto, os toldos alaranjados que se enchem como velas e dão um reflexo quente às colunas cândidas do grande terraço, e mesmo a beleza do lugar, oferecem-me uma saudação de promessa, um *até breve* festivo.

Continuando, ultrapassando o estabelecimento balneário, ainda todo de cabeça para baixo como um navio em construção, cheguei até o píer. Mar de um lado ao outro, até a plataforma de madeira, onde alguns meninos brincavam e que, com a minha chegada, conhecendo-me já como um personagem importante, desapareceram como ratos, escondendo-se entre as pedras que sustentavam o píer.

Novamente sozinha, sentei-me sobre o parapeito da plataforma: agora eu via, em frente a mim, a extensão plácida do mar, ornamentada, sobre o cerco turquesa do horizonte, de embarcações que pareciam azuis: e parecia que eu também estava na proa de uma embarcação primitiva.

"Eis o lugar onde eu gostaria de falar pela última vez com Gabriel"; confessei ingenuamente a mim mesma, quando um sussurro de passos, ou melhor, de um leve bastão arrastado por terra, me fez virar a cabeça com a esperança de que realmente o desgraçado me tivesse seguido e adivinhasse o meu pensamento. Mas ri subitamente da minha não insólita alucinação; visto que o homem que vinha em minha direção com aquela serenidade indizível, entre o céu e o mar, era o marido de nossa empregada.

Descalço com os pés que pareciam raízes, as calças enroladas até o joelho, todo coberto de pelos vermelhos que se ressaltavam no fundo esmeralda do canal, ele se apoiava com firmeza na vara de pescar franzindo as sobrancelhas sobre os olhos, dos quais em vão tentava amortecer o sorriso.

Não obstante os comentários que me haviam feito a seu respeito, pareceu-me que naquele dia até mesmo ele fosse um homem feliz: eu o cumprimentei com um aceno benévolo da cabeça, quase o convidando a sentar-se ao meu lado. Ele entendeu, aproximou-se, respeitoso mas intrépido: colocou ao lado a cesta de pesca, que parecia um grande ninho, e segurou a vara nas mãos. As suas sobrancelhas bárbaras entraram em um acordo com os olhos; tudo se aplainou em um sorriso marinho. Observei que ele, com pouca barba, tinha uma boca pequena ainda fresca e também uma pequena entrada sobre o queixo: deveria ter sido um homem muito bonito, e eu lhe disse isso, cordialmente.

Como alguém que, recebendo um presente inesperado, procura rapidamente, em sua mente, um modo de retribuí-lo, o homem fixou os olhos diante de si, no vazio, destacando-se de todo o resto; depois voltou a si, e inundou o meu rosto de azul com o seu olhar confidente. Estava composto. Disse, devagar:

"A senhorita, como a minha patroa lhe chama, deveria fazer uma coisa: andar longe da casa vermelha."

Eu fiquei impressionada e quase ofendida. O que estava acontecendo? Ele também sabia de minha aventura? Então, todos sabiam? Mas por quê? Veio subitamente à minha mente, como que frustrada, a lembrança do verso bíblico: "Não existe nenhuma coisa escondida que não venha a ser descoberta."

"Mas o que há de pecaminoso em meu segredo?", pergunto-me mais uma vez; e de ímpeto tenho o desejo de contar ao pescador as coisas como realmente são. Começo a lhe perguntar:

"Por que está me dizendo isso?"

Um pouco com frases dialetais, que eu ainda não entendo, um pouco com os gestos das mãos calejadas, um pouco com palavras inteligíveis, ele me explica:

"Porque a pessoa que está naquela casa é uma pessoa com a qual não se pode ter contato. O seu mal se espalha com um simples hálito, em apenas apertar-se a mão: o vento leva para aqueles que estão em volta e é necessário estar o mais distante possível. E a senhora dirá: como podem os donos da casa tê-lo como um inquilino querido? Eu não me meto nas coisas dos outros, mas ouvi dizer que se o dono é bom, um homem santo, a mulher é meio harpia, e talvez espere que o doente, que parece ser rico, lhe deixe os bens. E depois tem uma coisa: o mal em questão não atinge as pessoas mais velhas do que o doente, só ataca as mais jovens."

Os seus dedos se alargavam e se apertavam, aferrando-se como as garras das lagostas: e eu, como sempre, escutando-o, dava um significado misterioso aos seus gestos e às suas palavras. Observei, no entanto, com malícia:

"Mas como pode ser, então, que a sua mulher me aconselha sempre a ir visitar o doente?"

Então o homem sorri e, ao mesmo tempo, franze novamente a testa. Bate com o indicador na fronte e responde:

"O mal de minha mulher é pior do que qualquer outro, e a senhorita vai perceber: a minha Marisa é desmiolada."

"Não, ela é uma boa mulher."

"Na verdade, ela é muito boa, mas nasceu sem cérebro. A verdade é a verdade."

Depois, em um ato de confiança, me confessa que ele tinha ganhado a fama de anárquico porque um tempo atrás ele dizia a todos, na cara, a verdade.

"A todos!", confirmou, batendo a vara sobre o parapeito, quase fazendo com que o anzol fosse atirado fora: depois se acalmou novamente. "Agora eu não falo mais com ninguém. Quem se importa?"

"Você ainda fala comigo."

"Com a senhora é outra coisa."

Pausa. Ele se cala com a vara no punho, içada como um cetro: abaixo de nós na água de esmeralda, onde parece flutuar uma rede de ouro, os pequenos peixes brincam uma brincadeira fantástica, só deles, que se parece com aquela brincadeira das andorinhas no crepúsculo verde azulado e dourado das tardes de verão.

Como são felizes! Como tudo está feliz, na natureza, enquanto que o homem só se atormenta com seus vãos tormentos.

Eu me pego com os cotovelos nos joelhos, o rosto entre as mãos, e me confesso ao pescador.

"Sim, eu sei, aquele homem é doente e também cruel. É a doença que, às vezes, torna cruéis aqueles que são atingidos por ela. Eu ouvi dizer que um operário tísico, em uma grande cidade, daquelas onde até os homens sadios são maus, escarrava nas crianças que encontrava para infectá--las. Eu, no entanto, quando jovem, conheci o inquilino dos Fanti; as nossas famílias queriam um casamento entre nós dois; o jovem partiu para o exterior e nada aconteceu. Eu o encontrei aqui por acaso, e se eu for visitá-lo será apenas para lhe dar uma palavra de conforto; visto que em pouco tempo ele deverá partir para o outro mundo."

Percebi que o homem, sem demonstrar muito interesse pelo que eu dizia, não duvidava de nenhuma palavra sequer. Não fez comentários, mas ele também se pegou, batendo e rebatendo a vara sobre a madeira debaixo de nossos pés; e enfim, depois de ter pensado e repensado, disse:

"De qualquer maneira a senhora deve ter muito cuidado consigo."

Assim, pareceu que ele também me concedia a permissão de ir até Gabriel.

Depois, tentei perguntar a ele sobre outras coisas: sobre os seus princípios políticos, sobre as viagens que havia feito, sobre os netos gêmeos. Era como se eu falasse com a sua vara de pescar: nada de nada lhe interessava; e tudo aquilo que pensava já tinha dito. Sempre olhando dentro do cesto vazio, continuava a bater a vara sobre a madeira, com uma espécie de ritmo musical: até que lhe perguntei:

"E hoje não vai pescar?"

Pareceu se lembrar: levantou-se e finalmente disse:

"Pouca esperança, hoje: está muito claro".

"Mas tem tantos peixinhos aqui, não está vendo?"

Mas ele sacudia a cabeça, como se não os visse mesmo; e eu me lembrei das palavras de Marisa: "Ele é tão bom que quando pega um peixinho muito pequeno o repõe no mar".

"Agora me despeço", eu disse me levantando. "Até logo."

Ele também se levantou subitamente, e me restituiu o cumprimento com uma educação de um cavalheiro. Descendo o píer do areal, vi que os meninos, que novamente tinham saído dos buracos das pedras, o circundavam e o molestavam: e ele não se incomodava, limitando-se a ameaçar pegá-los pelos cabelos com o anzol da sua vara de pesca.

O banquete estava marcado para as vinte horas; e visto que tudo se tratava de uma festa simples, quase em família, meu marido disse que iria diretamente depois do seu trabalho: e eu iria encontrá-lo.

De qualquer maneira, eu procurei me arrumar, ajeitando melhor os meus cabelos e usando um leve vestido branco que eu tinha desde moça, e era também o primeiro que eu usava depois dos longos anos de luto pela morte de meu pai: quase como que um anúncio de alvorecer depois da noite de pesar.

Era cedo para que eu fosse para o albergue do Lido, e então pensei em fazer um passeio pela praia. A praia já estava sendo frequentada pelos banhistas: barracas coloridas e tendas brancas e alaranjadas, que faziam concorrência com as velas das embarcações de pesca que se destacavam sobre o fundo verde azulado do mar.

Uma vez mais desço pelo pequeno caminho e vejo a casa vermelha, mais vermelha que o de costume, quase incinerada pelo reverberar do sol em declive: e pensando que lá dentro está um homem que sofre, tenho um remorso pela nossa festa.

Mais abaixo, no quintal da Marisa, entre as galinhas, os gatos, os gansos monumentais, com o cachorro amarelo agachado em seus pés, vejo o amigo anarquista executando um serviço que destoa grotescamente com a sua fama. Dos seus joelhos cai uma rede para ser remendada; e já que lhe falta o fio, segura nas mãos a roca e o fuso e ele mesmo faz o fio para si.

O cumprimento com um aceno de minha mão: tanto ele como o cão se levantam para me acenar, e me seguem com olhos.

Voltei um pouco e repassando em frente à casa dos Fanti, no pátio, reclinado sobre uma cadeira de praia, triste e sozinho, vi Gabriel. Ele também me viu, e não se moveu, não me cumprimentou; parecia indiferente a tudo, até a mim, e também a si próprio. Em vão o sol, que atravessava o pátio com um feixe de luz, o recobria piedoso: nem mesmo o sol existia mais para ele.

Levada por um ímpeto mais luminoso do que aquele do sol, entrei pelo portão bati duas vezes na porta, que estava entreaberta e se abriu sozinha para que me deixar entrar. Entrei e bati também na vidraça da entrada limpa e ornamentada de vasos com plantinhas verdes. Ninguém apareceu. Voltei a olhar os leões, quase que para pedir a eles a permissão para prosseguir; depois atrevidamente subi a pequena escada de mármore falso e bati novamente na vidraça do primeiro andar.

Como um fantasma, ou melhor, como um morto que anda, em seu pijama de seda branca, que estava largo em todas as partes, Gabriel veio abrir a porta. A gaze presa junto aos ossos de seu rosto estava levemente manchada de violeta; mas os olhos, os olhos eram aqueles de outrora!

E, no entanto, deram-me um sentimento de terror, exatamente como os de um morto ressuscitado.

"Como está?", pergunto-lhe com voz amiga, estendendo-lhe a mão. E dessa vez ele a toma, a minha mão leal e piedosa, na sua que está fria e seca como uma garra: e me traz para dentro com força, quase com medo de que eu queira, subitamente, ir embora.

Em torno do patamar fechado da vidraça se abriam algumas portas, no fundo estava a porta de seu quarto, escancarada. Sempre segurando em minha mão, ele me fez, no entanto, entrar em uma pequena sala que também dava para o pátio: uma pequena sala com pretensão de elegância, com um divã e tapetes turcos, ao lado dos quais havia uma pequena mesa com velhos números de revistas ilustradas, o espelho com flores esmaltadas, e os outros móveis, me lembravam as salas de espera dos dentistas de segunda categoria.

Ele me convidou a sentar sobre o divã, e tomou lugar em frente a mim em uma poltrona de vime: não parecia mais ele, animado e evidentemente comovido, tanto que quando me disse com voz perturbada:

"Eu a agradeço, estou melhor e esta sua visita me reanima"; alegrei-me sinceramente, por ele e por mim, desfazendo inclusive a primeira impressão de angustiosa desconfiança que o seu aspecto e também o do lugar haviam me provocado.

Eu disse simples e cordialmente:

"Tenho o prazer de encontrá-lo assim: e vim justamente porque lhe vi no pátio. Mas como pode não ter ninguém nesta casa?"

"Não sei, creio que a senhora tenha ido até a casa da irmã, no albergue do Lido, e terá levado o marido com ela: e a moça que faz a limpeza, sempre, quando os patrões não estão em casa, desaparece."

"Ah, às oito horas terá o banquete", eu digo olhando o meu pequeno relógio de ouro à moda antiga: eram sete e meia: então eu tinha um pouco de tempo para estar ali com ele. "Um banquete que as pessoas da cidade estão oferecendo ao meu marido, e também a mim", expliquei, acreditando que ele não soubesse.

Ele sabia muito bem: e um leve sorriso de ironia me teria recordado o sorriso diabólico do antigo Gabriel, se os seus dentes amarelos e os sulcos mortais em torno da boca não tivessem acentuado, sobre o seu rosto, o relevo do crânio.

Mas eu queria ser alegre, e ver somente a vida também naquele homem, que depois de tudo ainda estava vivo, e que ainda, talvez, com a ajuda de Deus, poderia se salvar. Tentei então, sempre com boas intenções, falar do banquete como se fosse uma brincadeira, referindo-me às notícias pantagruélicas de Marisa.

Dei-me conta de que ele não estava interessado no banquete, mas escutava atentamente o som da minha voz: e comentou, não sem escárnio:

"Então será como o banquete de Nero, narrado por Petrônio no *Satiricon*, ou melhor ainda, como aquele de Bonifácio II, pai da célebre condessa Matilde, que enquanto os Duques da sua corte sentavam-se à mesa, permitia que o povo retirasse vinho dos poços previamente cheios para a ocasião. Mas", acrescentou, mudando a voz e o tom, e retraindo-se do seu excitamento momentâneo, "eu prefiro recordar o banquete que a sua mãe me ofereceu naquela noite."

"De novo", pensei; e de novo senti um mal-estar quase físico; mas eu quis enfrentar o fantasma das minhas vãs recordações:

"Pobre mamãe! Era a sua única ambição: receber bem os hóspedes, mas fazia de todo o coração."

"Eu, no entanto, era um hóspede especial, diga a verdade: agora se pode dizer."

Eu quase que sugestionada:

"É verdade."

"E eu lhe posso dizer, agora, que fui como tal. Por conselho de meu pai, que desejava que nós nos casássemos, mas sobretudo por minha própria vontade."

Aturdida confirmei:
"Os meus pais também desejavam que nos casássemos."
Ele se inclinou ainda mais, propendendo-se em minha direção: olhou-me de cima a baixo, com aqueles seus olhos que pareciam brilhar devido à injeção de um líquido maléfico; depois perguntou com voz baixa:
"E então?"
Não obstante a tudo, tive vontade de rir; mas o seu hálito, que me desflorava, e o tom misterioso da pergunta, fizeram ressurgir o meu medo. E foi talvez por medo que respondi com aquela que me parecia a mais simples verdade:
"E então? O senhor não se fez mais vivo, e tudo terminou por ali mesmo."
"Não, nada terminou ali: eu tinha levado a minha alma para sua casa, e ali eu a deixei. O dia em que passei junto contigo foi o ápice de minha existência: depois começou a decadência. E agora eu estou aqui, como um farrapo imundo que você tem medo de pisar: enquanto que apenas uma única palavra sua teria podido me fazer um homem grande e forte. Agora..."
Agora, sim, o terror do mistério mais inexplicável me tomou de assalto. Mas subitamente me aliviava o pensamento de que Gabriel ainda interpretasse uma comédia.
"Gabriel, peço-lhe que me diga que você não acredita no que acabou de dizer. Que palavra eu poderia lhe dizer?"
"É verdade, sim; talvez não fosse necessária esta palavra; mas bastava um comportamento diferente comigo."
"Eu era uma menina que nunca tinha saído de casa."
"E este foi o desastre. Eu tinha ido até você exatamente como se vai em direção a uma alma ainda infantil, como

quem vai em direção a uma rosa em sua florescência. Mas, ao invés disso, encontrei-me diante de uma criatura complicada; já madura, eu diria, desconfiada e quase perversa."

"Até perversa?"

"Sim, também", ele rebateu, indignado. "Você via em mim um patife, um ladrão, quase um..."

"Gabriel! Você está enganado."

Eu também estava indignada: mas ele continuou, sem acreditar no que eu dizia:

"Você via em mim um ilusionista, um comediante. E ainda pensa da mesma forma. Mas eu lhe parecia, sobretudo, um devasso, com a alma já corroída. Acreditou até que eu tivesse roubado o guardanapo. E roubei mesmo, não para levar comigo uma recordação sentimental, mas porque acreditou que eu seria capaz de furto. Em vão tentei, naquela noite, falar de mim com você, dos meus sonhos, das minhas inquietudes. Mas você não acreditava em nenhuma das minhas palavras. E eu era bom, sabe, eu era um menino fantástico, mas puro. Eu ainda não conhecia o amor, não conhecia nada da vida verdadeira."

Eu escondo o rosto entre as mãos: ele as retirou, as segurou entre as suas, me apertou os pulsos: me pareceu ser enlaçada por duas mãos infernais. Com voz rouca ele disse:

"Chora? É tarde. Você destruiu um homem."

Debilmente eu procuro me defender:

"Você está exagerando. E além do mais foram as histórias de seu pai que criaram em minha fantasia um personagem fabuloso."

"Deixe meu pai em paz: ele está morto, que sua alma descanse em paz. Mas você viu os meus olhos, naquela noite, e deveria acreditar apenas neles. Por que você não se concentrou naquele primeiro olhar? A atmosfera de nossa vida teria ficado para sempre igual à do dia em que nos encontramos pela primeira vez. Um dia que se parecia com este: só que o seu quarto alto era bem diferente desta sala."

"Agora tudo é passado, e é inútil voltar atrás. Deixe-me ir, Gabriel", eu falo de modo conciliador, se bem que cada vez mais amedrontada, mais do que pelas suas palavras, pelos seus olhos enlouquecidos e pelo contato que eu estava tendo com ele. "A vida, aquela vida que você chama de vida *verdadeira*, é feita desses mal-entendidos. E você também não viu em mim os bons sentimentos que a educação e a tradição da minha família sufocavam. E depois como pode saber que eu desconfiava e pensava tão mal de você?"

"Eu era como um vidente, tudo adivinhava sobre você, já que eu penetrava em sua alma como um possesso violento. Você, no entanto, não se abria, não sentia o meu espírito: via em mim apenas o corpo, o homem mortal, cheio, segundo você, de vícios e de erros."

"Parece que eu estou sonhando, em ouvir você falar assim", eu insisto, em vão tentando me libertar de suas mãos. "Eu acreditava que fosse tudo o contrário, e que você visse em mim apenas uma pobre criatura ignorante. Mal-entendido de ambas as partes: uma coisa que acontece frequentemente nesses casos. É inútil, repito, voltar atrás."

"Inútil para você, que é feliz, que tem uma vida inteira de felicidade diante de si. Mas eu..."

"Você se curará: é jovem, se esquecerá dessa aventura."

"Você chama de aventura? Ah, se lembra de quando eu peguei o seu irmão para morder os cabelos dele, quando ele me perguntou se eu engolia facas? Da mesma forma eu gostaria de fazer com você agora."

E, de fato, se levantou e eu senti o seu hálito de doente violar os meus cabelos. A lembrança de meu marido me deu uma força violenta. Arranquei os meus pulsos das mãos de Gabriel, e o empurrei. Consegui também me levantar, apoiando-me fortemente à pequena mesinha que estava ao lado do divã. Infligida, mas ainda não ofendida, eu disse com voz segura:

"Escute, Gabriel, entristece-me sinceramente que a conversa que você desejava era esta. Eu tinha vindo aqui como sua irmã, para te dizer boas palavras; para te dizer a verdade, já que você a deseja, que por muito tempo eu esperei, com um amor que só Deus sabe o quanto foi puro e grande. Deus não quis a nossa união: mas a recordação deste amor hoje não deveria mais existir, no ar, porque apenas o pensamento de me aproximar de você, de te oferecer um momento de consolo, me trazia muita alegria. Mas até nisso eu estava enganada: não importa. Agora me deixe ir, e sejamos bons amigos." Ele também se levantou, parecia que queria me pedir desculpas. Olhou para lá e para cá, como que procurando alguma coisa: de repente me agarrou e me fez sentar novamente no divã, sobre o qual ele também se sentou: e me segurou firme, mas não agressivo, antes suplicante. Disse:

"Peço-lhe que fique por mais um momento, e que responda a uma pergunta minha. Por que, naquela noite, os seus irmãos mal-educados riam de mim?"

"Justamente porque eram mal-educados."

"Quando lhe perguntei se você estudava, você riu e mentiu. Tantas mentiras você me disse naquela noite, que nem agora eu posso acreditar em suas boas palavras. E, no entanto, eu gostaria que você as repetisse: não tenho ninguém além de você na vida. E daqui a pouco você vai partir, e talvez eu não a verei nunca mais."

Eu também penso que daqui a um minuto eu irei e não me aproximarei nunca mais dele: procuro mantê-lo calmo e repito a lição:

"Sim, eu lhe quero bem: sempre me lembrei daquela noite fantástica, das suas palavras, das suas promessas. E agora estou aqui..."

"Se você está aqui é porque acredita que estou moribundo, diga a verdade", ele fala com uma voz quase que raivosa, "e, pelo contrário, eu ainda não estou, pelo menos estou ainda vivo, e tenho sede de vida, sede de amor. Eu também lhe esperei, por muito tempo: todos os dias, todas as horas: e se você está aqui, talvez seja realmente porque o seu Deus a tenha enviado, para me dar ainda um gole de vida".

Enquanto blasfemava as suas últimas palavras, me havia agarrado pelas costas, e tentava me beijar. Eu comecei a gritar, o empurrando aterrorizada.

"Você está blasfemando. Deixe-me!"

Ele não me deixava, antes se agarrava sempre mais em mim, como um polvo, e eu tremia toda, com um espasmo indizível de alguém que está se afogando e já se sente envolvido pelos monstros marinhos. E naquela neblina vertiginosa mortal revi o nosso sítio do vale, a água corrente, o velho eremita com o seu cestinho de frutas primaveris. Foi o seu espírito a rogar por mim?

"Meu Deus, meu Deus", eu gritava. E Deus abriu misteriosamente a porta da saída daquele lugar tenebroso, e ela me apareceu nos olhos vazios do cego.

Vi os olhos do meu agressor se arreganharem aterrorizados, e o seu rosto refazer-se cinza e duro. Deixou-me, levantou-se, balançou-se todo como um passarinho banhado pela chuva. Pulei para o lado do cego ofegante e disse:

"Eu estou aqui, senhor Fanti, me reconhece?"

E como se me conhecesse há muito tempo, ele disse calmamente:

"Peço-lhe desculpas, senhora. E também ao senhor, Gabriel: não sabia que tinha visitas."

O outro não respondeu: com a cabeça baixa, as mãos apoiadas na pequena mesa, parece que de um momento ao outro iria cair desfalecido: mas então eu não sentia por ele outra coisa que horror e repugnância; e sem me dar ao trabalho de fingir, volto-me somente para o Fanti.

"Desculpe-me, senhor Fanti, de ter que me despedir do senhor tão rápido: tenho de ir embora."

Ele estende a mão para me cumprimentar: com familiaridade e com cortesia pergunta:

"Está indo para o Lido?"

"Sim."

"Se não for incômodo eu vou com a senhora, eu também tenho que ir para o banquete."

"Acompanhá-lo? Mas se é ele que tem de me acompanhar", eu penso e estou para recusar gentilmente, porque, não obstante a gratidão que eu sinto por ele, sinto ódio dele, como odeio todas as coisas e pessoas que têm contato com o meu inimigo.

"Adeus", ele disse ao desgraçado, "precisa de alguma coisa? Mandarei logo aquela maluca da Adélia."

"Essa nossa arrumadeira", explica-me depois, enquanto eu fecho o portão e corro em direção às escadas, "assim que a patroa sai, ela some e deixa a casa aberta. Assim, acredito que a senhora tenha chamado por algum tempo."

Eu corro: nada me importa a não ser fugir. Mas ele vem em minha direção com uma desenvoltura que parece a minha, quase que vendo melhor do que eu. E, na verdade, eu via tudo escuro, tudo de cabeça para baixo, fora e dentro de mim: eu mesma era outra.

Na saída, olhei-me instintivamente no espelho do cabideiro: já que eu tinha a impressão de estar despenteada, arranhada e mordida, com o meu virginal vestido manchado e ultrajado.

Não, graças a Deus: o vestido ainda está branco e liso: os cabelos estão no lugar, o rosto, no entanto, está realmente diferente, como que cansado de uma longa viagem; e os olhos, que agora conhecem a sombra terrível do mal, parecem-me refletir os olhos do meu inimigo.

Mas a lembrança do pequeno espelho que recolheu o meu rosto, e os meus olhos, depois do primeiro encontro com ele, ilumina a opaca ânsia do meu coração: eu estou ainda como naquele dia, sem culpa e sem responsabilidade; e se, involuntariamente, eu fiz algo de mau, é porque o mal reside na vida da mesma forma que o bem.

Basta a firme vontade de querer somente este último: e isto eu quero, ainda como naquele momento, como sempre, com a ajuda de Deus.

Fomos, eu e o senhor Fanti, pelo caminho próximo aos pequenos jardins das pequenas casas; e, na verdade, é ele que me acompanha. O seu gesto, de tatear as coisas com o bastão, é muito mais do que algo habitual: ele conhece todas as pedras do caminho, todos os cheiros dos jardins, todos os meus pensamentos. Pergunto-lhe quase rudemente:
"O senhor estava em casa, enquanto eu estava lá?"
Ele para e responde calmamente:
"Não."
"Onde o senhor estava?"
Sem hesitar responde que já estava no albergue do Lido, quando uma pessoa lhe advertiu que eu me encontrava em sua casa. "Sei quem é", eu digo. "Foi o marido da Marisa."
O Fanti não fala mais: entre nós dois não há mais nada a dizer, já que eu compreendo que ele sabe tudo sobre mim, e ele se explica: mas o pensamento de que o pescador vigiou os meus passos, que um cego correu para me salvar, alivia-me novamente e ilumina o mundo à minha volta.
Assim chegamos calmos e sorridentes ao lugar da festa. Meu marido me esperava no portal do albergue, próximo ao mar, e quando me viu chegar com o Fanti me fez um sinal com a cabeça como que para dizer-me:
"Está em boa companhia!"
Mas eu segurei o braço do cego, e assim juntos nós subimos a bela escada do albergue, que para ocasião, foi ornada com tapetes e plantas, parecia a entrada de um castelo real. Até a varanda e os terraços tinham sido transformados em jardins suspensos. Azaleias embevecidas pela transparência vermelha do entardecer e, contrastando, incinerações de um azul pálido de noite de inverno; chamas púrpuras de

flores de junco e rosas de âmbar, lançavam-se dos vasos de terracota, pintando com seus maços fantásticos o fundo de laca das colunas, sobre as quais tinham sido suspensos os toldos de lona que eram usados também como velas para as embarcações.

Dentro, nos salões, se viam as mesas aparelhadas com uma certa elegância luxuosa, com talheres e cristais dourados, e com grandes vasos de flores: e muitas garrafas esmeraldadas e opaladas de água mineral, com as suas tampas de metal, desmentiam as malignas previsões de nossa Marisa.

O perfume das rosas, que sobressaía ao de qualquer outro perfume, fez-me lembrar o dia de nossas núpcias; núpcias que, pareceu-me, esta festa deveria confirmar e renovar.

Apresento o Fanti ao meu marido, e digo com voz segura: "Fui visitar o doente."

Nenhum comentário. Na espera de que chegassem todos os convidados nos sentamos juntos ao frescor da varanda, e fomos, de súbito, circundados pelos admiradores de meu marido, curiosos em conhecer também a sua senhora. Um dos mais insistentes a nos fazer companhia era o senhor Nele, com a sua face luzida de romã, todo vestido de preto, camisa branca, gravata branca, uma corrente dupla de ouro sobre a pançona da qual os botões pareciam querer escapar.

Depois de uma profunda e religiosa inclinação ao comissário e a mim, dirigiu-se ao cego.

"Como vai, caro Fanti?"

Este está rígido e composto na cadeira, entre duas delicadas palmeiras, com a bela cabeça ereta sobre o azul do fundo, as mãos rosadas, com as unhas luzentes, apoiadas uma sobre a outra à ponta do bastão. Tem alguma coisa de decorativo, quase que de hierático; parece um estrangeiro, absolutamente destacado do ambiente à sua volta.

E com a voz calma, já que ele tem um pouco de sotaque estrangeiro, responde que está muito bem.

E o outro pisca em nossa direção enquanto pergunta: "E o seu corvo marinho, como está?"

O Fanti franze levemente a sobrancelha, como que se esforçando para se lembrar do que se trata: gostaria de levar a coisa a sério e talvez responder com palavras severas; mas talvez, também, pensando em mim, no meu mal só momentaneamente aplacado, e devido à circunstância em que nós nos encontrávamos, se acende em um sorriso malicioso e responde:

"Respeitado senhor Nele, o corvo marinho é tão meu quanto seu."

As pessoas em volta entenderam, e, sem prestar atenção à dramaticidade da questão, riem: como que por aprovação, o senhor Nele, que já tinha vendido bastante remédios ao desgraçado do qual se falava, bate a fofa mão sobre as costas do cego; e eu, lembrando-me de que uma vez me senti incomodada em ouvir chamarem com nomes de pássaros o meu doente idealizado, agora sinto uma perversa satisfação.

Mas agora era necessário esquecer e pensar em outra coisa: e em vão o demônio da recente desilusão me sugeriu que olhasse com os olhos desconfiados a humanidade sã e festejante que me circula, e, sempre mais numerosa, se transforma quase em uma multidão.

As varandas estão cheias, as escadas, os pátios, a sala. Rostos e rostos, um atrás do outro, um sobre o outro, nos quais predominavam dois tipos diferentes desta forte população de sangue quente, de carne musculosa e sensual, de ímpetos sentimentais e generosos e, ao mesmo tempo, de caráter arguto e prático: rostos largos, cuja cor acesa é amortecida pelo louro dos cabelos e pelo azul esverdeado dos olhos: rostos agudos e morenos, com perfis quase lineares, com vivos olhos negros: entre todos, depois, se distinguem algumas figuras morenas, com grandes cabelos crespos, maxilares amplos, olhos devoradores; talvez os últimos descendentes dos invasores bárbaros que permaneceram naquela fértil região marinha.

Não sem me sentir envergonhada, e também com uma certa vaidade, percebo que todos olham em direção à minha humilde pessoa: com curiosidade, benevolência, respeito, e também uma certa admiração voluntária. No fundo sinto que essas homenagens são feitas não a mim pessoalmente, mas à senhora do comissário; e pela primeira vez conheço o lisonjeio da adulação: adulação desinteressada, mas também carregada de fé, antes entusiástica, que depois de tudo, é uma homenagem de um homem na presença de um homem mais forte do que ele.

Reconheço, de resto, que naquele dia eu não estava capaz de julgar com límpida consciência o meu semelhante: mas as pessoas que conseguiam se aproximar de mim e falar comigo destruíam rapidamente as minhas barreiras.

Eis um velho senhor, com um proeminente perfil bacante e com um diadema formado pelos cachos de seus cabelos brancos em volta do cerne de sua cabeça de marfim, que, enxugando o suor, consegue tocar no meu ombro, e ofegando como um apaixonado diz:

"Permita, senhora, que eu me apresente pessoalmente. Lusinhani, coronel dos Soldados Reais, em descanso. Tive a sorte de morar por dois anos em sua cidade, onde me encontrei como em um paraíso terrestre."

Lisonjeada, mas também atemorizada, viro-me para vê-lo melhor, com medo de que ele tenha conhecido o meu pai e saiba alguma coisa sobre o meu inimigo.

"Creio que eu tenha conhecido o seu pai, mas talvez a senhora ainda não tivesse nascido", ele me assegura rapidamente, com galantearia. "Já faz vinte anos que, como capitão dos Soldados Reais, eu estive em sua bela cidade."

"Terá então conhecido as minhas primas; aquelas sete graciosas senhoritas que moravam na rua principal, em frente ao Café do Correio, e estavam sempre debruçadas às janelas", digo-lhe displicentemente, não me lembrando de que as sete corujas são um pouco mais velhas do que eu.

"Não, senhora: nem ao menos faço distinção; visto que todas as mulheres, em sua cidade, são tão bonitas quanto as Madonas de Rafael."

"Boumh!", faz alguém em suas costas. E eu, pela primeira vez, me explodo de rir, sinceramente; mas não menos natural do que eu, reagiu o nobre coronel, que procura em volta com seus olhos castanhos, ainda fulgentes devido à antiga bravura, e encara o insolente interruptor.

"Eu", ele diz com voz sonora "sempre usei carabina; e nunca a disparei à toa. E, além do mais, a testemunha mais brilhante das minhas afirmações está aqui presente."

Com um gesto amplo indica a minha pessoa: o senhor Nele aplaude:

"Bravo!"

E um aplauso geral ressoa como se fosse uma chuva de granizo sobre as vidraças do albergue.

Assim eu também passo a conhecer a glória vã do mundo, sem, no entanto, me ensoberbecer, porque não acredito que eu seja digna. E nem todos os presentes estão convencidos dos louvores do coronel, e afirma uma voz de um que grita:

"Vamos ouvir a opinião do comissário."

E meu marido também me olha com certa admiração, ou melhor com uma vaidosa comoção; mas depois esfrega as mãos com aquele seu gesto de menino que significa muitas coisas, e, entre o silêncio feito pelos convidados, declama:

"Declaro sinceramente que eu ainda não tinha percebido ter-me casado com a Madona da Cadeira[10]: estou certo, no entanto, de ter me casado com uma pequena Madona."

Dessa vez os aplausos foram verdadeiramente teatrais: até que eu me rebelei com aquilo que me parecia um escárnio: e voltando em direção do senhor Nele, como se fosse ele o culpado de tudo, disse-lhe suplicante:

"Agora já chega, senhor Nele."

E o senhor Nele, que com a sua alta pessoa supera a multidão em volta da nossa pequena mesa, vira para cá e para lá, bate as mãos, que de tão gordas não fazem barulho, e com o rosto franzido e ameaçador grita:

"Senhores, à mesa!"

O ex-prefeito da cidade me ofereceu o braço, como se costumava fazer antigamente. Era um homem menor do que

---

[10] Em italiano: *"Maddona della Seggiola"* trata-se de uma conhecida pintura de Rafael Sanzio, realizada entre 1513 e 1514 e que, atualmente, encontra-se na Galeria Palattina no Palazzo Pitti, em Florença, Itália.

eu, daquela raça morena, antes moura, olhos, boca e cabelos: as infinitas rugas de seu rosto contrastavam com o dentes fortes e prepotentes. Foi durante muitos anos capitão, depois de ter enriquecido com os seus tráficos, agora vivia com a renda de suas intermináveis plantações de beterraba: em suma um perfeito descendente dos piratas árabes.

Levou-me com uma certa superioridade; todavia eu tive tempo de pegar a mão do senhor Fanti e trazê-lo para junto de mim. Visto que eu o queria perto de mim, como ele tinha estado até agora, composto, benéfico, protetor. Ainda me parece que sinto na minha o frêmito de sua mão quente e viva: um frêmito que queria dizer:

"Estou aqui, contigo, senhora, como um cão fiel. Pertenço-lhe por toda a vida."

Forma-se uma ala para que nós passássemos; o anfitrião em pessoa, majestoso como um rei hospedeiro, em meio à sua corte de garçons usando fraque, luvas brancas, guardanapo sobre o braço, retirou a minha cadeira, e assim que eu me sentei a empurrou em direção à mesa. Digo-lhe:

"Gostaria que o senhor Fanti se sentasse ao meu lado."

O meu desejo é uma ordem: o cego à esquerda, o prefeito à direita: de frente ao meu marido, com outros dois personagens importantes, um dos quais, chega atrasado, e cumprimenta de um lado ao outro da mesa alguns de seus amigos. O que observando, o meu cavalheiro da direita me diz com voz baixa:

"Eis uma coisa que a etiqueta dos oficiais não permite."

"Por quê?"

"Porque", ele explica, colocando dentro do colete a ponta da toalha, "o oficial da marinha, à mesa, não deve nunca falar com outros comensais que não sejam os seus vizinhos da direita e da esquerda. Não deve ficar olhando aquilo que os outros comem; não deve utilizar a faca para cortar o peixe; não se deve ..."

"Mas, aqui, nós não estamos na marinha", eu observo benévola.

Todavia parece que estamos na sala de jantar de um transatlântico: mar por todos os lados, e as paredes laqueadas, e flores e arbustos que tremulavam no vão das vidraças, sob o céu sempre mais aceso pela ostentação das cores.

A nossa mesa era, naturalmente, a mais aristocrática, senão a mais animada. É claro que não se observavam as rígidas regras da etiqueta da marinha, mas havia uma contenção cordial em respeito ao comissário e à sua senhora, enquanto que o próprio comissário procurava criar em torno de si uma atmosfera de familiaridade e de alegria; e foi o primeiro a dar sinal de contentamento e alegria quando chegou, balançando quase como se dançasse, um garçom ágil preto e branco como uma andorinha, com a travessa de fettuccine que se parecia com uma pequena montanha avermelhada pelo entardecer.

Lembrei-me de Marisa e de suas descrições antes do banquete; mas enquanto que essas tinham me provocado um enjoo antecipado, o cheiro do fettuccine, agora, não obstante as aventurosas emoções que eu tive durante o dia, fez-me lembrar que eu ainda era jovem, que estávamos próximos do mar e que eu precisava me alimentar: enfim, que eu tinha apetite.

Mas, todavia, eu me servi apenas com um pouco.

"Vamos, vamos, pegue, pegue", insiste o cavalheiro da direita. "Vamos, coragem, se não vai nos envergonhar."
Mas eu tiro o prato, que ele mesmo quer encher.
"Obrigado, chega. Pense na etiqueta dos oficiais da marinha..."
Os vizinhos, que estavam com os ouvidos atentos, piscam e riem: e assim, quebrada a formalidade de antes, com alegria, cordialidade e bom apetite se inicia o banquete.

Quem se servia sem ser ajudado e solicitado, e comia com religioso silêncio, com casta mas tenaz voluptuosidade, colocando o rosto sobre o prato e nutrindo-se até do odor da comida, era o meu vizinho da esquerda. A sua mão de criança grande escorregava quase furtiva sobre a toalha, procurava, encontrava a taça, sempre cheia até a metade, e a trazia para si devagar, entre a ponta dos dedos com um sentimento físico de amor.

A sua distância da humanidade circunstante era muito mais do que precisa, ou pelo menos eu a via ao seu redor como se fosse uma aura: e me dava conta de que ele era mais feliz do que todos nós, só, em contato consigo mesmo, com Deus, que lhe concedia tanta graça.

Até de mim parecia ter se esquecido: e eu respeitava o seu rito, divertindo-me em observar os outros comensais.

Até o meu vizinho da direita tinha parado de brincar, para comer, mas com modos tempestuosos. Achava tudo ruim: o fettuccine muito cozido, o peixe mal temperado, o vinho amargo.

Estalando os dedos chamou de longe o garçom, e quando este veio, lhe ordenou:

"Leve esta garrafa para temperar a salada."

"E a senhora", perguntou-me, depois, sempre com um tom de comando, "o que faz durante o dia? Nunca se vê a senhora na cidade."

"Frequentemente, eu passeio ao longo da praia ou pelos caminhos do campo. Nos dias de vento, e são frequentes, não saio de casa."

Habituado até com tufões, ele pareceu se espantar com a minha tremenda sujeição ao tempo; admitiu, no entanto, que o clima da cidade era mesmo terrível.

"Precisa-se fazer reparos: estamos no limite de uma grande área descoberta, fértil sim, mas privada de bosques em seu interior. As colinas não bastam para frear os ventos, e eles vêm de toda a parte, da terra ao mar e vice-versa: o lugar, então, é dominado totalmente pela chamada rosa dos ventos."

"A cidade é pouco agradável, na verdade, chega a ser muito perturbadora quando está ventando", eu insisto, "sinto uma melancolia nervosa."

"É verdade, é verdade", interveio o comensal sentado ao lado do meu vizinho da direita. "Por isso existe até uma lenda que diz que todos os forasteiros que vêm a esta cidade tentar se estabelecer aqui, ou ficam doentes, ou enlouquecem, ou morrem."

Entre os sorrisos de desdém e os sinais de esconjuro que o antigo capitão fazia por mim, o interlocutor incivilizado retomou:

"Não tem com o que se maravilhar: a senhora mesmo disse que o vento a deixa triste e nervosa: e se esse estado se permanece por muito tempo pode produzir, a quem não está acostumado, a exaustão dos nervos, que é o pai de todas as outras doenças. Assim, afirma a ciência."

O interlocutor fala com intenção de brincadeira, mais para fazer com que o ex-prefeito se irrite do que por outra coisa: eu, no entanto, encontro em suas palavras quase que a explicação do meu drama. Convencida e grave digo: "Então precisamos ir embora logo desta cidade."

O meu vizinho então dispara: dá um leve tapa sobre as costas do outro comensal e exclama:

"Mas não sabe a senhora que este bacalhau é um forasteiro, que veio se estabelecer em nossa cidade há trinta e três anos?"

"Por isso mesmo que fiquei maluco", disse o outro, mordendo os lábios para não rir; e continuaria, se o meu vizinho, de novo exclusivamente virado em minha direção, não falasse de outra coisa."Esperamos vê-la, senhora, no próximo sábado na inauguração do novo estabelecimento balneário, e depois também no teatro. No teatro, sim, senhora. Nós também temos um teatro. Não é o *Scala di Milano*[11], mas falta pouco. Imagine que em primeiro de julho, exatamente pela chegada do verão, teremos a *Norma*.[12]"

Mas a nossa conversa estava sendo observada por quase todos os comensais, e quando alguém começou a cantarolar com escárnio:

---

[11] O *Alla Scala di Milano* é um dos mais grandiosos e importantes teatros italianos. Foi inaugurado em 1778 e, desde então, tem sido palco de importantes apresentações artísticas de relevo internacional, principalmente (mas não somente) no campo da ópera.

[12] *Norma* é uma ópera trágica de dois atos de Vicenzo Bellini com libretto de Felice Romani. A sua estréia foi no teatro *Alla Scala di Milano* em 26 de dezembro de 1831. A sua ária *"Casta diva"* é famosa até hoje, sendo considerada por muitos experts de ópera como um dois mais singulares exemplos do bel canto.

"Olhe, Norma, aos seus joelhos..."[13]

De resto, a mesa, agora, estava animada; e todos falavam com voz alta, sempre, no entanto, com uma certa cerimônia, enquanto que os convidados das outras mesas discutiam com ímpeto: risadas homéricas terminavam por unir as diversas opiniões; e já haviam começado os brindes.

Até o meu vizinho da esquerda dava sinais de participar da vida comum. Depois de ter comido o quarto prato, que consistia de um filé fritado de peixe finíssimo, ele tinha parado de repente; como alguém que atinge a sua meta e dali não quer mais se mover.

"Senhor Fanti, não quer um pouco de assado?"
"Não, obrigado, já chega."
"Olhe que é um faisão."
Ele já sentiu o cheiro, mas não se deixa levar.
"Obrigado, obrigado: eu estou *satisfé*."

Brinca, se Deus quer: a sua estatuária indiferença é quebrada, e o seu rosto está realmente radiante de satisfação: aquilo que eu não aprovo nele é o seu inútil palitar de dentes: sinal de perfeita ignorância, não dos padrões dos oficiais da marinha, mas dos padrões dos mortais comuns.

Quem nunca está satisfeito é o meu vizinho da direita.

"Faisão? Colocaram-lhe uma cauda, mas na verdade é um velho galo de poleiro. Oh, Fanti, se você quiser falar sobre isso com o seu exímio senhor cunhado, fale mesmo."

O cego continua a palitar os dentes e não responde.

---

[13] Famoso início de um dueto do segundo ato da ópera Norma (em italiano: *"Mira, o Norma, a'tuoi ginocchi / Questi cari tuoi pargoletti!"*).

"E esta salada? Com todos os hectares, em nossas hortas de alface, foram colher as raízes. Fique atenta, senhora, se um talo ficar preso na garganta pode sufocá-la."

Os resmungos do antigo capitão, cuja natureza conservava ainda a inquietude oceânica do passado, perdiam-se na atmosfera saturada de alegria, de música e também de poesia: visto que de todas as partes chegavam sons e canções, e o dia não parecia terminar como um fogo de festa.

Tanto que o seu rosto terminou por serenar-se: as rugas desapareceram, os olhos receberam o reflexo dourado da taça que ele levantava. Com a mão esquerda, exageradamente grande para aquele pequeno corpo, alisou os cabelos como que para recompô-los; depois franziu as sobrancelhas eriçadas, alongou o queixo, balançou os pés.

Silêncio geral, aqueles que estavam de costas para nós se voltaram em nossa direção; os garçons pararam como estátuas sobre o vão das vidraças, o anfitrião apareceu na porta.

O ex-prefeito dirigia um discurso de passagem ao seu sucessor: e se levantando na ponta dos pés parecia que quisesse lançar-se em um voo atrás de suas estrondosas palavras. Estrondosas, mas também plenas de bom senso, de cordialidade, de admiração e, sobretudo, de confiança no novo chefe da cidade. Concluiu, então, com uma modéstia admirável:

"Aquilo que para o bem de nossa cidade e da nossa laboriosa e honesta população não soubemos fazer nós, homens de mar e de lavoura, habituados, mais do que às cifras e às estatísticas, a dominar apenas os elementos simples de nossos afazeres diários, mas não aqueles do interesse público, plenos de afeto pelos nossos concidadãos, mas escassos de senso político e diplomático, o saberá fazer o senhor, homem de governo e conhecedor profundo das leis com as quais é guiada a nossa sociedade, administrai os bens comuns, mantenha feliz e disciplinada a população; o senhor que, à competência econômica e política, une outra vontade de melhoramento social, uma ampla visão das necessidades especiais de uma região como a nossa e, sobretudo, um intelecto e um coração refulgente da mais diamantina honestidade."

Os aplausos não tinham fim: até o comissário visivelmente lisonjeado e comovido, se bem que sorridente, com um sorriso que rejeitava o exagero de alguns elogios prodigiosos do orador: este também aplaudia; eu também bati palmas, sem observar que ele, como teria sido conveniente, não me havia dirigido nenhum cumprimento, nem sinal, nem um desejo de boa sorte.

Mas o coronel Lusinhani pensou nisso, depois que o meu marido respondeu ao seu predecessor com um pequeno discurso cordialmente diplomático: e foi uma verdadeira, ainda que grotesca, apoteose.

O estourar das garrafas de champanhe acompanhava os novos aplausos: parecia uma alegre batalha. Era já de noite; mas as lâmpadas elétricas, com quebra-luzes vermelhos e verdes, davam continuidade às luzes quentes do entardecer: um farol, de vez em quando, lançava sobre o mar a sua calda de raios: a lua nova pousava como um pássaro de ouro sobre um galho que atravessava a vidraça.

E, de repente, depois de ter bebido a minha taça de champanhe, pareceu-me ser novamente presa pelas mãos de Gabriel. Era a lembrança dele que voltava. Como um fantasma na festa, parecia-me ver a sua sombra andando entre os convidados. No mesmo instante o Fanti, que apenas tinha encostado os lábios na sua taça, sem beber, somente para acompanhar os brindes em minha honra, disse-me com voz baixa: "Eu preciso ir, senhora: permita-me cumprimentá-la."

Ainda envolvida pelo pensamento daquela sombra, perguntei-lhe, também com a voz baixa:

"Por que o senhor quer ir embora?"

"Estou pensando no inquilino."

Tive o desejo de pronunciar palavras terríveis: não o fiz: eu já não tinha proposto perdoar e esquecer?

"Por outro lado, já estamos há duas horas na mesa", ele retomou, com um belo sorriso cintilante, "parece-me que já é o suficiente. A senhora vai ficar cansada."

"Oh, não em tão bela companhia. Mas como o senhor sabe que já se passaram duas horas que estamos à mesa?"

"Tudo se sabe, de quem tem boa vontade."

"Quem lhe acompanha até a casa?"

"O meu anjo, se a minha mulher não se decidir."

Levantou-se e parecia mesmo que estava sendo guiado por um anjo invisível, porque foi diretamente em direção à porta de ingresso da sala, que um garçom abriu e fechou depois que ele saiu.

Depois nós também fomos embora, e ao invés de retornamos pelo caminho do areal, pouco iluminado naquela hora, fomos pela estrada maior, que se cruzava com a linha da estação. Um pouco cansada na verdade, mas sobretudo aturdida e ainda desorientada pela minha triste desventura, apoiei-me no braço do meu companheiro, com o único desejo de chegar logo em casa e dormir. Dormir um longo sono profundo e de me acordar como naquela primeira manhã de permanência na pequena casa, com a impressão de ter sonhado, de renascer para uma nova e fresca realidade.

E até o meu marido se calava e, contra o seu costume, caminhava lentamente: parecia que a festa o tinha deixado descontente, e tais eram as nossas ideias naquele momento que preferimos não comunicá-las.

Somente quando chegamos em casa, e depois de eu ter me trocado e lavado, e ter me jogando entre os lençóis frescos, eu disse: "Finalmente! Parece que cheguei de uma longa viagem." Meu marido me perguntou com uma voz ambígua, incerta, que me pareceu ser a de um outro homem:

"Poderia-se saber por quê?"

"Porque estou cansada."

Ele também tirava a roupa com lenta indolência: depois, de repente, recolocou o paletó, rearrumou a gravata, como se fosse sair de novo. Ao invés disso se apoiou na base da cama e disse, com aquela estranha voz, que eu ainda não conhecia:

"Devo falar com você. Eu tinha decidido falar amanhã; mas é melhor agora. Onde você esteve, hoje, antes de ir para o albergue?"

Como as crianças amedrontadas eu me escondi debaixo do lençol: mas rapidamente coloquei para fora o meu rosto inflamado, mas sem me agitar, com minha consciência tranquila, antes contente de que tudo fosse esclarecido.

"Eu já te disse, quando cheguei com o senhor Fanti: fui visitar o seu inquilino desgraçado."

"É verdade" ele admitiu, "mas você deve me dizer agora como foi a sua conversa."

Como lhe responder? Com a verdade:

"Péssima, tanto que estou arrependida de ter ido lá, e espero não rever nunca mais em minha vida aquele infeliz. E já está na hora de eu te dizer quem ele é."

"É inútil que você diga porque eu sei muito bem quem ele é."

As suas palavras lentas, graves, golpeavam-me como ceifadas: mas a minha felicidade e o meu alívio aumentavam: dizia a mim mesma:

"Bem, aí está: é o castigo por suas tolices românticas."

E eu gostaria de ter até brincado, dizendo que não em vão o ex-prefeito tinha atribuído tanta virtude de saber e de perspicácia ao companheiro da minha vida; mas eu sentia que não estávamos mais em uma atmosfera de leveza e de comédia; e quase contra a minha vontade, murmurei então uma única palavra:

"Melhor."

Ele então levantou a voz, não irada, mas clara e dura.

"Mas teria sido melhor que você tivesse sido mais sincera e leal comigo: teria economizado tanta dor a nós dois."

Ardente de indignação, mas também de medo, sem todavia me mover, penso:

"Se vê que até ele, agora, considera-me culpada de traição e engano."

"Que dor? Que dor?", protesto, confiante e quase irônica. "Se alguém tem de sofrer que seja só eu, por ter estupidamente acreditado que pudesse fazer um bem a um homem. E se você fala da pouca sinceridade, de minha parte, talvez tenha razão, mas não de deslealdade. Eu conheci aquele desgraçado quando eu ainda era quase uma criança: ele se hospedou um dia em nossa casa e nós trocamos apenas poucas palavras inocentes: depois ele desapareceu. O que mais tenho a lhe dizer sobre ele? Quando eu te conheci não pensava mais nele."

"Mas se lembrou dele aqui."

"Obrigatoriamente. Tornei a vê-lo naquele estado tal que me inspirou piedade. E eu tive medo, quase vergonha de te dizer que um dia ele tinha me inspirado amor, se pode se chamar de amor aquela minha fantasia de jovem provinciana."

Ele não respondeu logo: recolhe, examina, estuda as minhas palavras: depois, sempre com aquela voz dura e gélida que me assusta mais do que se falasse com ódio, diz:

"Não sei se devo acreditar em você: é difícil acreditar em uma mulher como você."

Se bem que no fundo da minha consciência, como se no mais profundo de uma selva noturna revolvida por uma tempestade, ardesse um ponto de luz que só a morte poderia apagar, eu senti vontade de chorar, um desejo de me jogar no chão, de rolar no chão e gritar.

Lembrei-me do dia de nossa viagem de núpcias, o sentimento de distância que eu sentia pelo homem com o qual eu deveria transcorrer a vida; e, na minha solidão interior, o propósito de viver em mim mesma. Infinitamente maior era a distância que ainda nos separava: mas a força e a vontade de poder viver sem ele, sem a sua vida, estavam abolidas dentro de mim.

Morrer: não me restava outra coisa, e pensei em fazê-lo logo, se ele não voltasse logo a acreditar em mim.

Coloquei a cabeça sobre o travesseiro, e me enrolei até o pescoço com o lençol que eu tinha perto de mim: com calma ele me descobriu, tirou-me o lençol, deixou que eu soluçasse por algum tempo, convulsa e despedaçada. Vomitei toda a dor, a raiva, o veneno, a comida, o vinho e tudo o mais engolido durante aquele dia. Parecia que eu estava no meio do oceano, com enjoo da viagem, e que eu iria morrer, sem precisar me matar. E o meu marido não me confortava, não me pedia perdão, como eu desejava: somente quando eu botei para fora até a bílis, ele, com a paciência da primeira noite de núpcias, levou o tapete imundo para fora, depois me fez beber um gole d'água.

"Escute", ele disse, enfim, "eu segui e estudei, dia a dia, a sua extravagante paixão por aquele desgraçado. E visto que, antes e melhor que você, soube quem ele é, eu também te vigiei. Tive muitas dúvidas: até a de que você já soubesse, antes mesmo de vir para esta cidade, que ele se encontrava aqui. E assim eu explicava a sua maneira extravagante de se comportar, durante a nossa viagem e em nossa chegada, e dali em diante. E você não negaria dizer que você estava muito estranha."

Não pensava em negá-lo, e nem ao menos em explicar-lhe, o meu comportamento daquela época, além do mais eu não conseguia nem explicar a mim mesma; e se hoje escrevo este livro é para me justificar entre os vivos e os mortos, e sobretudo diante da minha consciência.

Retomando a sua voz de costume, quente e leal, meu marido prosseguiu:

"Desde o primeiro encontro na praia, dei-me conta de que o personagem sinistro tinha um uma misteriosa ligação com você: depois, pouco a pouco, na medida em que eu o encontrava e que você falava sobre ele, eu sentia o fascínio perverso que ele exercitava sobre você. Piedade você diz; e não sabe ainda, desgraçada ingênua, que muitos safados, neste mundo baixo, se valem de tais sentimentos para fazer com que uma mulher se perca?"

Ele tinha razão: crua e obscena razão: por que então eu ainda sentia o desejo de defender Gabriel? Mas os meus lábios estavam fechados por um segredo amargo, e nunca mais teriam pronunciado aquele nome.

O meu companheiro, no entanto, adivinhava os meus pensamentos.

"Você dizia: é um doente, um que está com os dias contados. Nem tanto, como você pensava, se teve a vontade e a força de te atrair até a sua casa. E eu sabia que você iria vê-lo hoje: de propósito te deixei livre. Além do mais, sempre tenho te deixado livre, também porque eu queria ver o fim da aventura. E eu vi. E teria sido um fim terrível, para todos, se eu não tivesse mandado o Fanti te procurar."

Agora, finalmente, as lágrimas brotaram silenciosamente dos meus olhos e me purificaram o rosto. Mas os lábios permaneceram fechados: visto que só o pranto que sai da alma maravilhada pelo mistério que guia as vicissitudes humanas pode exprimir esta maravilha.

Só então ele me desflorou com os dedos as pálpebras, como a um morto que fecham piedosamente os olhos: e, na verdade, alguma coisa morria em mim, naquela noite: a parte má e orgulhosa do meu ser; aquela que acreditava estar fazendo o bem e, pelo contrário, germinava o mal.

Ele concluiu:

"Agora chega, de agora em diante não se fala mais sobre isso."
E não teríamos falado mais sobre isso, e ainda talvez eu conservaria a dúvida de ter sonhado com aquela conversa definitiva com meu marido, se na manhã seguinte, tão logo o meu marido tivesse saído para o trabalho, a Marisa não me tivesse dito:
"O senhor Fanti deseja falar com a senhora, por alguns instantes. Ele pode entrar?"
Asperamente lhe perguntei:
"Por que não veio antes, enquanto o meu marido estava presente?"
Fria e insolitamente triste, ela replicou que o Fanti queria falar comigo sozinha.
"Que entre, então."
Eu tinha medo de que ele trouxesse consigo Gabriel, decidida a não sair do meu quarto se eu o visse: mas da janela vi o cego se aproximar sozinho, com o seu fiel bastão, e fui ao seu encontro. Peguei a sua mão, e o fiz entrar na pequena sala.
Estava calmo, vestido de preto, com os cabelos penteados e a gravata bem colocada; mas o seu rosto não era o mesmo da noite anterior, envelhecido, rígido e pálido. A sombra do nosso drama desflorava ele também; e também por isso eu senti uma sincera responsabilidade e remorso.
Pedi que ele se acomodasse no divã de vime, e sentei-me ao seu lado: ele, por sua vez, sentiu que eu estava próxima a ele também com o coração e se estremeceu todo: vi as suas mãos tremerem levemente, apertando-se umas às outras na ponta do bastão: e trêmula estava também a sua voz quando me disse:

"Senhora, peço-lhe desculpas se venho perturbá-la, a esta hora; mas penso que a senhora ficará aliviada em saber que o meu inquilino foi embora."

Rapidamente, com uma voz má, eu respondo:

"Boa viagem."

"Sim, ele fez uma boa viagem."

"O que disse, senhor Fanti?"

"Morreu: ontem à noite, precisamente às dez horas. Depois de uma terrível hemorragia; e a coisa mais trágica é que ele morreu sozinho, sem pedir ajuda, talvez sem poder pedir. Lembra-se, senhora, de como ontem à noite eu sentia que uma desgraça estava acontecendo em minha casa? Por isso me levantei da mesa: mas quando eu e a minha esposa chegamos em casa, o infeliz já havia partido."

"Eu também vi a sua sombra", eu disse tomada por um arrepio de terror e de mistério: mas logo a alma voltou à realidade; e era uma realidade luminosa, feita de espaço, de alívio, de alegria. Sim, também de alegria.

Incorrendo no risco de parecer, ao Fanti, dura e cruel, eu disse:

"Melhor assim. É a vontade de Deus."

E vi que também o seu rosto se iluminou novamente, para, logo em seguida, se dobrar em um ato de oração.

"Seja feita sempre a Sua vontade."

Obra de Grazia Deledda

Romances, novelas e contos

Sangue Sardo (*Sangue Sardo*). Conto. In: *Rivista L'ultima moda*. Roma, 01 e 08 de julho 1888.

Remigia Helder. Conto. In: *Rivista L'ultima moda*. Roma, 19 de agosto de 1888.

Memorie di Fernanda (*Memórias de Fernanda*). In: *Rivista L'ultima moda*. Roma, 02 de setembro de 1888 a 02 de junho de 1889.

Nell'azzuro (*No azul*). Contos. Milão: Trevisini, 1890.

Stella d'Oriente (*Estrela do Oriente*). Romance. Cagliari, 1891.

Amore regale (*Amor real*). Contos. Roma: Perino, 1891.

Castello di Sant'Onofrio (*Castelo de Santo Onofre*). Romance. Sassari. In: *La Sardenha*, a partir de 07 de novembro, 1891.

Fior di Sardegna (*Flor da Sardenha*). Romance. Roma: Perino, 1892.

Sulle montagne sarde (storie di banditi) (*Nas montanhas sardas (histórias de bandidos)*). Roma: Perino, 1892.

Amori fatali, la leggenda nera, il ritratto (novelle) (*Amores fatais, a lenda negra, o retrato (novelas)*). Roma; Perino, 1892.

La regina delle tenebre (*A rainha das trevas*). Contos. Milão: Agnelli, 1892.

Racconti Sardi (*Contos Sardos*). Contos. Sassari: Dessì, 1894.

Anime oneste (*Almas honestas*). Romance. Milão: Cogliati, 1895.

La via del male (*O caminho do mal*). Romance. Turim: Speirani, 1896.

Il tesouro (*O tesouro*). Romance. Turim: Speirani & Filhos, 1897.

L'ospite (*O hóspede*). Novelas. Rocca San Casciano: Cappelli, 1898.

Giaffah (racconti per ragazzi) (*Giaffah (contos infantis)*). Milano-Palermo: Sandron: 1899.

Le tentazioni (*As tentações*). Contos. Milão: Cagliati, 1899.

I tre talismani (Fiaba) (*Os três talismãs* (fábula). Milano-Palermo: Sandron, 1899.

La Giustizia (*A justiça*). Romance. Turim: Speirani, 1899.

Il vecchio della Montagna (*O velho da montanha*). Romance. Turim: Roux e Viarengo, 1900.

La regina delle tenebre (*A rainha das trevas*). Contos. Milão: Agnelli, 1892.

Dopo il divorzio (*Depois do divórcio*). Romance. Reeditado sob o título de *Naufraghi in porto* (*Náufragos no porto*). Turim: Roux e Viarengo, 1902.

Elias Portolu. Romance. Turim: Roux e Viarengo, 1903.

Cenere (*Cinzas*). Romance. Roma: "Nuova antologia", 1904.

Cinzas. Tradução portuguesa de Graziella Saviotti. Lisboa. Edições Gleba, s. d.

I Giuochi della vita (*Os jogos da vida*). Contos. Roma: "Nuova antologia", 1905.

Nostalgie (Nostalgia). Romance. Roma: "Nuova antologia", 1905. Traduzido no Brasil como *O drama de Regina*. Tradução de Marina Guaspari. Porto Alegre: Livraria do Globo, 1932.

Amori moderni (*Amores modernos*). Contos. Roma: E. Voghera, 1907.

L'ombra del passato (*A sombra do passado*). Romance. Roma: "Nuova antologia", 1907.

Il nonno (*O avô*). Contos. Reeditado (com o corte de três contos) com o título de *Cattive compagnie* (*Más companhias*). Romance. Roma: "Nuova antologia", 1908.

L'edera (*A hera*). Romance. Roma: "Nuova antologia", 1908.

Le lierre (*A hera*). Adaptação para o teatro em três atos (colaboração com Camilo Traversi), 1908.

Il nostro padrone (*O nosso patrão*). Romance. Roma: "Nuova antologia", 1910.

Sino al confine (*Até a fronteira*). Romance. Roma: "Nuova antologia", 1910.

Nel deserto (*No deserto*). Romance. Roma: "Nuova antologia", 1911.

Chiaroscuro (*Claro-escuro*). Romance. Roma: "Nuova antologia", 1912.

Claro-escuro. Tradução portuguesa de Graziella Saviotti. Lisboa, Edições Gleba, 1945.

Colombi e sparvieri (*Pombas e gaviões*). Romance. Roma: "Nuova antologia", 1912.

La danza della collana. Romance acompanhado pelo texto dramático *A sinistra* (*À esquerda*). Milano: Treves, 1912.

Canne al vento (*Juncos ao vento*). Romance. Roma: "Nuova antologia", 1913.

Le colpe altrui (*As culpas dos outros*). Romance. Roma: "Nuova antologia", 1914.

Marianna Sirca. Romance. Roma: "Nuova antologia", 1915.

Marianna Sirca. Tradução portuguesa de Grazia Maria Laviotti. Coleção Romances célebres. Lisboa. Edições Gleba, 1944.

Il fanciullo nascosto (*O menino escondido*). Novelas. Milano: Treves, 1916.

L'incendio nell'oliveto (*O incêndio no olival*). Romance. Roma: "Nuova antologia", 1918.

Il retorno del figlio e La figlia rubata (*O retorno do filho e A filha roubada*). Duas novelas. Milano: Treves, 1918.

La Madre (*A mãe*). Romance. Milano: Treves, 1920.

Il Segreto dell'uomo solitário (*O segredo do homem solitário*). Romance. Roma: "Nuova antologia", 1921.

Il Dio dei viventi (*O Deus dos viventes*). Romance. Roma: "Nuova antologia", 1922.

Il flauto nel bosco (*A flauta no bosque*). Contos. Roma: "Nuova antologia", 1923.

La fuga in Egitto (*A fuga para o Egito*). Romance. Roma: "Nuova antologia", 1925.

Il sigilo d'amore (*O segredo do amor*). Contos. Roma: "Nuova antologia", 1926.

Annalena Bilsini. Romance. Roma: "Nuova antologia", 1927.

Il vecchio e i fanciulli (*O velho e as crianças*). Romance. Roma: "Nuova antologia", 1928.

Il dono di Natale (*O presente de Natal*). Contos. Roma: "Nuova antologia", 1930.

La casa del poeta (*A casa do poeta*). Contos. Roma: "Nuova antologia", 1930.

Il paese del vento (*A cidade do vento*). Romance. Milano: Treves, 1931.

Giaffa. Contos para crianças. Palermo: R. Sandron, 1931.

La vigna del mare (A vinha sobre o mar). Contos. Milano; Treves, 1932.
L'argine (O dique). Romance. Roma: "Nuova antologia", 1934.
Sole d'estate (Sol de verão). Contos. Roma: "Nuova antologia", 1936.
La chiesa della solitutine (A igreja da solidão). Romance. Roma: "Nuova antologia", 1936.
Cosima. Romance (Póstumo). Roma: "Nuova antologia", 1937.
Il cedro de Libano (O cedro do Líbano). Contos (póstumo). Milão: Garzanti, 1939.

Poesia
Paesaggi sardi (Paisagens da Sardenha).Torino: Speirani, 1896.
Versi e prose giovanili (Versos e prosas da juventude). Milano: Treves, 1938.

Teatro
Odio vince (Ódio vence). In: *Il Vecchio della montagna*. Milano: Treves, 1912.
L'edera. Milano: Treves, (com a colaboração de C. Antona Traversi), 1912.
Cenere (versão cinematográfica de Eleonora Duse), 1916.
La grazia (drama pastoral com a colaboração de C. Guastalla e V. Michetti). Milano: Ricordi, 1921.
A sinistra (à esquerda). In: *La danza della collana*. Milano: Treves, 1912.

Tradução
Honoré de Balzac, *Eugenia Grandet*. Milano: Mondadori, 1930.

Posfácio
Grazia Deledda
e a narrativa de A cidade do vento

Grazia Deledda foi uma das mais importantes expressões literárias da Itália entre os séculos XIX e XX. Talvez fosse apenas necessário dizer que ela foi a primeira (e, até o momento, a única) mulher italiana a ganhar o prêmio Nobel de Literatura, em 1926 (a primeira mulher a ser agraciada com o prêmio foi a sueca Selma Lagerlöf, em 1909, e o primeiro italiano a recebê-lo foi o poeta Giosuè Carducci, em 1906), mas o percurso literário e de vida dessa grande escritora italiana não começa nem se encerra nesse importante reconhecimento. A sua história é a de superação de uma mulher nascida e criada longe dos grandes centros e que lutou muito para ter seu nome inscrito entre os grandes da literatura italiana e mundial.

Grazia Maria Cosima Damiana Deledda nasceu na cidade de Nuoro, na Sardenha, Itália, em 27 de setembro de 1871. Ela foi a quinta de sete filhos (dois homens e cinco mulheres) do casal Francesca Cambossu e Giovanni Antonio Deledda. Filha de uma família pequeno burguesa, inicialmente se interessou pela literatura por influência do próprio pai, que havia estudado leis. Este, embora ganhasse a vida como proprietário de terras e negociante (tendo sido também prefeito de Nuoro em 1863), sempre se interessou por literatura, tendo escrito versos em sardo e fundado uma tipografia (a primeira de que se tem notícia em Nuoro) na qual imprimia um pequeno jornal em que publicava versos escritos em língua sarda.

Grazia Deledda frequentou apenas quatro anos de escola, o que era o máximo de tempo que uma mulher em sua cidade e em sua época conseguia estudar. Depois disso, seguiu sua educação de forma independente, inicialmente sob a tutela de um professor que lhe dava lições de italiano (em um tempo em que na Sardenha a língua predominante era o sardo nuorese ou o logudorese), de francês e de latim, e, depois, prosseguiu os seus estudos de forma autodidata. Após esse período inicial de formação, a vida familiar de Grazia Deledda se torna muito difícil, uma vez que, além da falência do pai, a família teve de lidar com o alcoolismo de um dos irmãos (Sanctus) e a entrada no mundo do crime de outro (Andrea). As mortes do pai, em 1892, e da irmã Enza, em 1896, marcarão esse momento de sua vida de forma contundente.

Grazia Deledda iniciou a sua carreira de escritora muito precocemente. Aos dezessete anos, em 1888, enviou à Roma alguns contos que foram publicados pelo editor Edoardo Perino na revista *"L'ultima moda"* (*"A última moda"*). Foi nessa mesma revista que ela publicou, em forma de folhetim, o seu primeiro romance, *Memorie di Fernanda* (*Memórias de Fernanda*). Em 1890, também em forma de folhetim, foi publicado, sob o pseudônimo de Ilia de Saint Ismail, em um jornal de Cagliare (*L'avvenire della Sardegna*), o seu romance *Stella d'Oriente* (*Estrela do Oriente*). Nesse mesmo ano, ela publicou, pela editora Trevisini de Milão, o romance infantojuvenil *Nell'azzurro* (*No Azul*). Em 1892, publica *Fior di Sardegna* (*Flor da Sardenha*) e, em 1895, o romance *Anime oneste (Almas honestas)*. Entre 1891 e 1896, além de colaborar com diferentes revistas (*La Sardegna, Piccola Rivista* e *Nuova Antologia*), ela publicou, na *Rivista delle tradizione popolare italiane (Revista das tradições populares italianas")*, dividido em vários números, o ensaio "Tradizioni popolari di Nuoro in Sardegna" ("Tradições populares de Nuoro na Sardenha"). Nos anos posteriores, seguem-se contos e romances nos quais Deledda explora com profundidade o ambiente e as questões da Sardenha do seu tempo. Em 1896, ela publica o romance *La via del male (O caminho do mal)* e, em 1897, um livro de poesias intitulado *Paesaggi sardi (Paisagens da Sardenha)*.

Em 1899, Grazia Deledda se muda para Roma, onde se casará no ano seguinte com Palmiro Madessani. Em 1903, com a publicação do romance *Elias Portolu*, ela começa a ser reconhecida pelo grande público e pela crítica da época. Com esse romance, ela demonstra o seu amadurecimento como escritora e possibilita a continuidade de sua carreira com uma série de romances e de textos teatrais: *Cenere (Cinzas)* (1904), *L'edera (A Hera)* (1908), *Sino al confine (Até a fronteira)* (1910), *Colombi e sparvieri (Pombas e gaviões)* (1912), *Canne al Vento (Juncos ao Vento)* (1913), *l'incendio nell'oliveto (O incêndio no olival)* (1918), *Il Dio dei venti (O Deus dos Ventos)* (1922), entre outros. Nos anos que se seguem, a sua obra é reconhecida por importantes escritores italianos, como Giovanni Verga, e estrangeiros, caso de D. H. Lawrence, que prefacia a tradução inglesa de seu livro *La madre (A mãe)*, de 1920. Grazia Deledda também foi tradutora do francês, sendo conhecida na Itália por sua tradução de *Eugéne Grandet*, de Honoré de Balzac.

Em uma área dominada pela presença do universo masculino, a sua escritura foi um contínuo ato revolucionário contra a percepção de seu tempo de que a mulher somente poderia se envolver com literatura se estivesse no claustro do lar e apenas com o objetivo de tecer histórias para a distração das crianças. Escrever, para Deledda, foi um desafio. Não obstante a oportunidade que teve de estudar, ela foi criada em um ambiente profundamente patriarcal, dominado por uma ordem social de característica medieval e pleno de sentimentos violentos, paixões religiosas, vinganças, sacrifícios e que via o ato de escrever por parte de uma mulher de forma, quase sempre, negativa. Além disso, ela teve de lidar com críticos (todos homens) que, de um modo ou de outro, procuravam diminuir o peso de sua obra. Em seu romance autobiográfico *Cosima*, ela dirá que a recepção de sua primeira novela por parte de seus contemporâneos ou da crítica foi profundamente desanimadora, tendo sido a sua obra descrita como "um jogo de maldades, suposições escandalosas e de profecias libertinas". Ela foi atacada pela família, pelas mulheres que não sabiam ler, mas que consideravam romances como livros proibidos, e pelo irmão que considerava que, ao se aventurar como escritora, Grazia ameaçava uma futura possibilidade de matrimônio, um dos poucos destinos honrosos para as mulheres de seu tempo. Anos mais tarde, Pirandello considerava a sua escrita (que classificava de "feminina") como estando ligada ao "campo da subcultura", e Luigi Capuana, ainda que tenha escrito bem a respeito de seu romance *La via del male* (*O caminho do mal*), afirmou que não se deve temer as mulheres que escrevem porque "colocam em sua obra de arte um elemento muito particular, a feminilidade, mas nada de mais". Talvez tenha sido, justamente, esse "nada de mais" que deu à Grazia Deledda, para inveja dos escritores que lhe eram contemporâneos, o prêmio Nobel de literatura no ano de 1926, recebido em 27 de dezembro de 1927.

Em seus livros, Deledda aborda, principalmente, mas nunca somente, dramas familiares sob o olhar de profundo conhecimento da realidade local, mas também do humano em sua complexidade e amplitude, o que faz com que a sua escritura ainda possa nos tocar nos dias atuais. Temas como a luta entre o bem e o mal, o amor, o pecado e a morte estão muito presentes em seus trabalhos. Mas é provável que um dos aspectos mais importantes na escrita de Deledda seja o mesmo elemento que David Herbert Lawrence considerou como sendo o motor de suas principais obras, que é a força do erotismo, ou aquilo que o escritor inglês chamou, simplesmente, de "eros". Nas obras de Deledda o fio condutor, geralmente, se dá através de uma tensão erótica, que liga o sentimento amoroso às paixões instintivas do sexo. Essa força propulsiva é, na maior parte das vezes, vivenciada por personagens imersos na culpa. Um exemplo dessa força do erotismo em sua narrativa pode ser encontrado em seu romance *La madre* (*A mãe*), no qual um jovem padre se apaixona perdidamente por uma mulher. Dominado pela paixão carnal, o seu único impedimento será o sacrifício feito por sua mãe, que luta, até o fim, para evitar aquilo que ela considera um escândalo e a condenação do filho por parte da igreja e da sociedade. Outro romance de forte carga erótica é *La via del male* (*O caminho do mal*), no qual o servo Pietro Benu deseja e conquista a sua patroa e à leva a uma paixão selvagem e primitiva de um amor que, segundo um trecho do próprio do romance, se realizava "como se uma ninfa tivesse encontrado o seu fauno". Em *Marianna Sirca*, Deledda conta a história de uma mulher desinibida que desafia as leis morais de seu tempo e decide receber em seu leito um jovem bandido. Esse modo de lidar, na literatura, com a força erótica, também foi algo revolucionário para uma mulher que escrevia entre os séculos XIX e XX.

Deledda deixou uma obra grandiosa: 32 romances, 250 contos, duas peças de teatro, um livro de poesia, um libreto de ópera, um estudo sobre tradições populares de sua terra natal e a adaptação de seu livro *Cenere* (*Cinzas*) para o cinema. No Brasil, foram poucos os seus livros traduzidos. Temos conhecimento apenas de três livros traduzidos até o momento: *O drama de Regina*, em 1932, diferentes versões de *Caniços ao vento* (ou *Juncos ao vento*, dependendo da tradução), com primeira tradução em 1964 e *Cosima* em 2006. No entanto, mais do que o número, o mais importante são as contribuições literárias e humanas de Grazia Deledda. Como já vimos acima, por ser uma mulher escritora entre os séculos XIX e XX, ela foi uma desbravadora de um caminho que tinha a consciência de ser muito difícil para as mulheres. Em uma carta escrita a Stanis Manca em 1891, ela dirá o quão difícil era ser escritora em Nuoro "sobretudo se se deseja contar a sua realidade mais próxima". A esse respeito, um de seus biógrafos nos lembra que ao tentar quebrar a barreira do preconceito que confinava as mulheres ao local fixo estabelecido na estrutura patriarcal de Nuoro e ao tentar honrar as tradições de sua terra, Deledda teve como resposta "o ressentimento, a maledicência e a injúria. Chegou-se ao ponto de dizerem que não seria ela a escrever os livros que assinava, mas outra pessoa por ela. Seria melhor se transformar em uma dona de casa, este foi o conselho mais benévolo" (Marrocu, 2016:23). Esse difícil lugar da mulher em uma sociedade patriarcal é explorado por Deledda em vários de seus romances, entre os quais este que agora temos a alegria de apresentar ao público brasileiro: *A cidade do Vento*.

***

Publicado em 1931, este romance traz traços marcantes da biografia de Grazia Deledda que, assim como a narradora do romance, casa-se com seu marido, Palmiro Madesani, após conhecê-lo na casa de conhecidos. Da mesma forma que os personagens do livro, ela e o seu marido estabelecem a sua relação durante uma brincadeira chamada "sociedade". Não tendo ela eliminado a palavra "porque" da resposta que deveria dar, foi colocada em "penitência" por Palmiro Madesani, que teve o direito de perguntar diante dos presentes como ela desejaria que fosse o seu futuro esposo, ao que ela, sem hesitar, respondeu: "Como você!". No dia seguinte Deledda recebeu de Madesani uma declaração de amor e, para colocá-lo à prova, ela respondeu que aceitaria se casar somente se ele marcasse o casamento para dois meses a partir daquela data. E assim aconteceu.

Sabemos, através de suas cartas, que, assim como a narradora deste romance, Deledda também nutriu um amor de juventude. O objeto da paixão era o belo jornalista (que também era duque de Asinara) Stanis Manca. Depois que Deledda publicou seus primeiros escritos em Roma, Manca convidou-a para escrever sobre Sassari em uma publicação sobre cem cidades italianas. Depois, ele ficou curioso para conhecê-la e, para isso, resolveu ir à Nuoro. Podemos imaginar o impacto que foi para uma jovem mulher de um lugar tão provinciano, no início do século XX, receber uma visita tão especial, sobretudo o impacto da personalidade de um homem da cidade em uma jovem mulher do interior. Depois da visita, Manca escreveu um artigo sobre Deledda intitulado "A nossa pequena Georges Sand", que foi publicado na revista "Vida Sarda". Embora já se correspondessem anteriormente, a partir desse encontro eles começam uma troca de cartas em que pode ser vislumbrada, por parte de Deledda, a ilusão da possibilidade de um matrimônio que, no entanto, não se realiza. A correspondência entre os dois dura até antes do casamento da escritora.

Outra relação que não é levada adiante é a que ela terá com Andrea Pirodda, um professor de uma escola elementar da distante cidade de Buggerru, centro minerador do sul da Sardenha, a quem Deledda parece ver mais como amigo. Sabemos, no entanto, que Pirodda declarou o seu amor para ela e que pensaram em noivado sem que a relação prosseguisse efetivamente. Sejam quais tenham sido os obstáculos que os levaram à separação (a família, a distância social ou a falta de recursos), o fato é que o seu amor não se realizou, embora a presença obstinada de Pirodda possa ter assombrado o seu casamento e, também, servido de inspiração para este romance. Este livro começa exatamente no início de uma viagem de núpcias e há muitos paralelos com a sua própria história, mas a narrativa de Deledda vai além de um simples paralelismo biográfico já que, em *A cidade do vento*, explora com maestria alguns dos temas elegidos por ela ao longo de sua vasta carreira de escritora, mostrando a solidez de sua peculiar forma de narrar, muitas vezes colocando o tempo presente logo após o uso de estruturas do passado, construindo, tanto narrativamente, quanto no campo da sintaxe, uma forte ligação entre o passado e o presente, gerando uma tensão que afeta profundamente o estado interior dos personagens.

Em uma narrativa que traz o leitor para a sua intimidade, o eu lírico/narradora de *A cidade do vento* descreve a sua relação com Gabriel, um amor de sua juventude, que desaparece para retornar à sua vida, para o seu tormento, poucos dias após o seu matrimônio com outro homem. Em um jogo de tensões precisamente calculado, passado e presente se entrelaçam diante do olhar do leitor e dão forma à trama arquitetada por Deledda com sua peculiar maestria.

Uma das características mais marcantes deste romance é que a natureza é um de seus principais personagens. O vento, que está no título do livro, é uma de suas forças motrizes: é ele que movimenta e rege a vida das pessoas da inominável cidade onde se passa a trama. O vento pode ser lido como uma metáfora do destino, mas também como a força que rege os ciclos da vida. É para a cidade do vento que a personagem/narradora se muda, logo após o seu casamento, e é lá que ela se encontra com um pedaço inconcluso de seu passado com o qual, agora, deve se defrontar. É provável que a escritora tenha se inspirado na cidade de Cagliari para construir a ambientação de seu romance, mas a relação com o mundo real talvez seja algo de menor importância aqui porque, simplesmente, a rica narrativa de Deledda faz dessa cidade um lugar profundamente vivo, um espaço único no qual a narradora pode expressar, através da descrição da natureza, o seu próprio estado interior.

A aparição do antigo amor afeta o estado interior da narradora e, também, a natureza circundante, que parece exigir uma resolução para aquilo que se configura como um conflito inacabado. O amor que reaparece para assombrar a sua nova vida não é o mesmo do passado, ele ressurge marcado por seu conhecimento do mundo e por uma doença que o corrói. Ele retorna, agora, para um confronto, talvez necessário, a fim de que os personagens possam construir uma nova vida sem as amarras do passado, mas conscientes de que serão sempre marcados por ele.

Outro tema de fundamental importância abordado pelo romance é, como apontei anteriormente, o lugar da mulher na fechada sociedade patriarcal da Sardenha da primeira metade do século XX. Se, por um lado, o romance possibilita ouvirmos a voz feminina como raras vezes na literatura italiana até então, por outro lado, a mulher que é representada pela personagem e narradora do romance se vê, na maior parte do tempo, impedida de falar no âmbito dos diálogos com os outros homens da narrativa. Por trás do seu calar, da sua frase que sai como se estivesse incompleta, está sempre o temor do que a sua fala feminina (talvez entendida como sendo deslocada ou como algo menor) possa gerar no mundo dos homens. E, durante todo o romance, ela será sempre constrangida pela força do patriarcado, seja este representado pelo seu pai, pelos irmãos, pela sua mãe, pelo antigo amor e pelo marido. Durante todo o tempo, ela é constrangida por um tipo de obediência e dependência ao mundo dos homens.

A forma narrativa de *A cidade do Vento* é a de uma escrita confessional que parece ser construída para melhor compreender, senão justificar, no presente algumas escolhas realizadas no passado. Talvez seja por isso que, em um certo momento, a narradora dirá: "Não pensava em negá-lo, e nem ao menos em explicar-lhe, o meu comportamento daquela época, além do mais eu não conseguia nem explicar a mim mesma; e se hoje escrevo este livro é para me justificar entre os vivos e os mortos, e sobretudo, diante da minha consciência".

Se considerarmos que vida e literatura são elementos indissociáveis, podemos ponderar que ao escrever *A cidade do vento* Deledda, com a maturidade de seus sessenta anos, pôde voltar os olhos para o passado de forma mais livre, e assim, trazer aos seus leitores uma narrativa única de uma experiência que será sempre universal: a dos amores (muitas vezes inacabados) que carregamos conosco ao longo da existência.

William Soares dos Santos
Universidade Federal do Rio de Janeiro – UFRJ.
Outono de 2017.

Referências bibliográficas

DELEDDA, Grazia. *Cosima*. Tradução de Maria do Rosário Toschi. Revisão da tradução: Aurora Fornoni Bernardini. Vinhedo, SP: Horizonte, 2005.

GIOVANNI, Neria de. *Come leggere Canne al Vento di Grazia Deledda*. Milano: Ugo Mursia Editore, 1994.

GUERINI, Andréia. "A autoficção de Grazia Deledda". In: *Revista Estudos Feministas*, Florianópolis, SC. 14(2): 549-571, maio-agosto, 2006, p. 550-552.

GUISO, Angela. *Il doppio segno dela scrittura. Deledda e oltre*. Sassari: Delfino, 2012.

MANCA, Dino. "Introduzione". In: DELEDDA, Grazia. *Cosima*. Sassari: Edes, 2016.

MANCA, Dino. "Introduzione". In: DELEDDA, Grazia. *Elias Portolu*. Sassari: Edes, 2017.

MARROCU, Luciano. *Deledda, una vita come un romanzo*. Donzelli editore: Roma, 2016.

SAPEGNO, Natalino. *Disegno Storico della letteratura italiana*. Firenze: La Nuova Italia, 1975.

SCHÜCK, Henrik. "Discurso de recepção pronunciado por ocasião da entrega do Prêmio Nobel de Literatura a Grazia Deledda no dia 10 de dezembro de 1927". Tradução de Emanuel Brasil. In: DELEDDA, Grazia. *Caniços ao Vento*. Coleção dos prêmios Nobel de Literatura. Tradução, estudo introdutivo e ilustrações de Mario de Murtas. Rio de Janeiro: Editora Delta, 1964.

TANDA, Nicola. *Dal mito dell'isola all'isola del mito. Deledda e dintorni*. Roma: Bulzoni, 1992.

TANDA, Nicola. "Introduzione". In: *Canne al Vento*. Milano: Mondadori, 1993.

TURCHI, Dolores. "Introduzione". In: DELEDDA, Grazia. *Canne al Vento*. Roma: Newton Compton, 1993.

TURCHI, Dolores. "Introduzione". In: DELEDDA, Grazia. *Il Paese del Vento*. Roma: Newton Compton, 1995.

Este livro foi composto em Farfield para a Editora Moinhos,
com tradução de William Soares dos Santos.
*
Era agosto de 2019. O Brasil se entristecia a cada dia.